有度
YOUDU CULTURE
有度文化

刘春（绘图：魏维伟）

刘春，七十年代出生。著有诗集《幸福像花儿开放》《广西当代作家丛书·刘春卷》、散文集《让时间说话》《文坛边》、评论集《朦胧诗以后》《从一首诗开始》《一个人的诗歌史》等。曾参加第十八届青春诗会。获首届华文青年诗人奖，第四届、第六届广西人民政府文艺创作铜鼓奖等。中国作家协会会员。现居桂林。

我写下的都是卑微的事物

刘春——著

山西出版传媒集团 北岳文艺出版社
BEIYUE LITERATURE & ART PUBLISHING HOUSE
·太原·

图书在版编目（CIP）数据

我写下的都是卑微的事物 / 刘春著. —太原：北岳文艺出版社，2023.8

ISBN 978-7-5378-6764-1

Ⅰ. ①我… Ⅱ. ①刘… Ⅲ. ①诗集－中国－当代 Ⅳ. ①I227

中国国家版本馆CIP数据核字(2023)第146271号

我写下的都是卑微的事物

刘春 / 著

出品人
郭文礼

选题策划
刘文飞

责任编辑
刘文飞

书籍设计
张永文

印装监制
郭勇

出版发行：山西出版传媒集团·北岳文艺出版社
地址：山西省太原市并州南路57号　邮编：030012
电话：0351-5628696（发行部）　0351-5628688（总编室）
传真：0351-5628680
经销商：新华书店
印刷装订：山西万佳印业有限公司

开本：787mm×1092mm 1/32
字数：108千字
印张：7.5
版次：2023年8月 第1版
印次：2023年8月 山西 第1次印刷
书号：ISBN 978-7-5378-6764-1
定价：59.80元

序 诗

我与文字同病相怜

那一天，有人问我——
活着已如此困难，你为什么
还要写诗

我不知如何作答
是啊，活着已如此困难
为什么还有闲情写诗

而今天
我终于弄清其中原因——
耗费心血将词语
拆散、揉碎、拉长、捏扁
实际上是在反馈生活
对人的态度

——当破碎的词语历尽艰辛
聚拢成句子，受苦的人们也将
苦尽甘来，修成正果

目录

第一辑　微茫之光

第二辑 风吹歧路

第三辑 各得其所

第一辑

微茫之光

微茫之光

某年四月，我挎竹篮出门寻野菜
陪凌晨五点的黑行走两小时
赶到山里，天色已微白
我弓着腰，像土拨鼠在树根和草丛间
巡睃，但运气太差，整个上午
竹篮空荡。我呆立着，觉得此身
一无是处。这时太阳光从树顶倾泻下来
散在草丛上，像一块花布
我忘记了此行的初衷，傻子般
看着这光，看着细草上的小水珠
在风中摇晃，随即跌入尘埃
不知道在树林里站了多久
时间和空间都已凝滞
我一无所获，也一无所求
仿佛一生只为这微茫之光挨着

风吹大海

不是所有的风都能丈量大海
有的风走着走着就乱了
就停了下来，或者突然掉头
忘了因何而生。而大海一如往常
按自己的方式过日子
不是所有的风都能走到海对面
风也会疲惫，甚至厌倦
再强壮，总有停下来的一天
我见过一种风，声势浩大
一个劲往天上钻，仿佛无所不能
倒塌的时候，像浮在水面上的苔藓
只有一种风从不停止跑动
倒下，又站起来，一生都在路上
我认识这种风，上一次遇见
它在高山上滚动石头

风吹过

我喜欢那些沉默寡言者
他们心里肯定也有很多苦痛
但他们忍住了
我觉得他们是哲人
知道不欢呼，幸福也不会减少
哭泣和嘶喊也并非必须
只要真正爱着。所以
如果有人逼你接受苦难，咬紧牙关
推开它！推不开的那一部分
就像他们那样
大大方方地认领下来

我喜欢这样的早晨
空气就是空气原本的味道，风吹过
湖面拂动一丝细微的波纹

在所有的时光中

在所有的时光中我最喜欢凌晨
那时大地还在熟睡，天空却蠢蠢欲动
我常常披衣而起，随手拿起一本书
漫读其中任何一段
感觉每一个言外之意都是为曾经的我
和未来的我而准备
每一个指向都让我良心发现
我的字典凭空增加了一些
以往没有留意到的词语
比如理解，羞愧，怀疑，鄙视
比如良知，梦想，责任，反思
我知道了人生在世的某个铁律——
有一些欢乐可以彼此共享
有一些悲伤只能深埋心底
在凌晨我有时会读完一整本书
有时只能阅读其中几句
我设想过成为书中的某个角色
为施恶者承担部分责任

或者变成一驾马车
载着受苦者默默行驶
更多的时候我把书放在枕边
在床上呆坐，像等待天明的孩子
而文字缝隙中阳光和清风长势喜人
万物的面孔逐渐清晰

大海回忆录

如果可能，我想重走旧路
从舒坦返回奔涌，从风平浪静
返回激流澎湃。如同心如死灰的人
重新点燃愤怒之火，如同
汉字，捡起散落八方的偏旁
然后沿江河逆行，返回它们的支流
看湍急与湍急内卷，拧成白龙
陪山泉绕石而上，绝尘而去
或者掠过峭壁，一飞冲天
当水道越收越窄，无路可退
冰凌在高处将落未落
任何一滴，都是自己的前生

杀　鸡

有的鸡极力挣扎，被抓紧的翅膀
扭曲变形，被钳住的脖子青筋毕露
双腿竭力往外撑，屁股挤出屎
眼睛圆睁，像在质问世道
有的鸡喉管断了，仍在地上扑腾
转圈，努力着想站起来
有的鸡没等你靠近，就没命地跑
扇动沉重的翅膀，想飞上天
惊恐的叫声，像母亲带孩子玩耍时
突然看到天上的鹰隼
有的鸡刚刚被抓住，就把眼睛闭上了
一动不动，像臣服，像认命
像期盼了半生的解脱

像盲目活在尘世上的我们

看海的狗

一只狗坐在沙滩上，面朝大海，一动不动
波涛迎面滚来，没过它的腰身，它没有丝毫避让的意思
它就这样一直看着水面，看着大海的尽头
一个人说，这肯定是一只有故事的狗
另一个人说，这太不像狗了，这是一个诗人
还有一个人说，它可能想到了自己的前世
最后有人说，我突然有点羡慕这只狗了
然后四周安静了下来，仿佛天地间只有这只狗
和它眼前无边的大海

时光中

对于蚂蚁来说，谈不上幸福、屈辱
这样的词。它们每天忙着干活
搬草根回家，捡撒在地上的面包碎屑
没闲心关注别人给它们贴的标签

绵羊也一样，它们吃草，长胖
毛越来越长，然后被剪掉。再吃草
长毛，再被剪掉，老得走不动了
就找个地方躺下来，等主人的刀子

草每年都发芽，长高，在最好的年华
被牙齿和镰刀截断腰身，然后变黄
枯萎，被火烧掉，被大雪覆盖
它们不说话，就等于默认自己的命运？

唉，绵羊，蚂蚁，青草……这些
大地上的生灵，各有各的活法，它们的
一生，如同蜿蜒曲折的额尔古纳河
在时光中缓缓流过，随遇而安

醉花阴

设想有一个好天气，蓝天空旷
白云稀疏，树叶在风中轻轻摆动
设想有一个院子，在城郊或者乡下
都无关紧要，关键是有花有草
设想有一个人，或者两个
拿着水壶，浇灌它们，或者
拿着锄头疏松土地
杂草长出来了，也舍不得除掉
设想这些花草是春天栽的
它们开不开花都无所谓
明年继续发芽，葱绿。设想
一些蝴蝶和蜜蜂，在草尖上流连
她们的孩子能吃饱，但不贪心

想到这些，我就眼神迷离
身子发软，醉倒在无边的春风里

山 影

那座山站在原野上
高大，沉默，创世之初就是这个样子
我曾无数次揣测他的高度
爬上他的肩膀，想看清世界轮廓
但四周空茫一片
飞机经过头顶，像只蚂蚁
有一次我走了很远，不知道怎么回去
绝望中眼前闪出一道影子，单薄，黑瘦
那么陌生，又似曾相识
老半天我才明白那是山的背面
我没想到他还有这样的形象
就像一个人，微笑，沉稳，让你放心
突然被你撞见夜半无人时的伤怀
很长时间没有见过那山了
报纸说他已从人间消失
但我知道他仍在原处
仍像以往那么沉默，高大
甚至更高，高到白云上

成为神的一员
——他在天上看着我们

我写下的都是卑微的事物

我写下的都是卑微的事物
青草，黄花，在黑夜里飞起的纸片
冬天的最后一滴雪……
我写下它们，表情平静，心中却无限感伤
那一年，我写下“青草”
邻家的少女远嫁到了广东
我写下“黄花”
秋风送来楼上老妇人咳嗽的声音
而有人看到我笔下的纸片，就哭了
或许他想起了失散已久的亲人
或许他的命运比纸片更惯于漂泊
在这座小小的城市
我这个新闻单位的小职员
干着最普通的工作
却见过太多注定要被忽略的事情
比如今天，一个长得很像我父亲的老人
冲进我的办公室
起初他茫然四顾，然后开始哭泣

后来自然而然地跪了下去
他穿得太少了，同事赶紧去调空调的温度
在那一瞬，我的眼睛被热风击中
冬天最后的那一滴雪
从眼角流淌出来

流失史

我曾经执迷于探究大海的尽头
曾经在潮涨之时，手搭凉棚
向远方眺望。曾经梦想成为大海
或者它的分支，如同曾经
盲目地爱上每一滴水珠
我从内陆来，周身锈迹斑斑
每天都幻想变成新人
当黄昏降临，我看到曾经的自己
在空地上来回踱步，找不到
任何幸福或骄傲的理由
夜深时我推开家门，凉风
在一瞬间把全身吹透。我曾经拥有
一把钥匙，从未想过它可以
把最隐秘的部分夺走

美术课

枯藤和老树过于呆板，这暮气
不会跟随任何季节转移
几只麻雀飞过，黄昏就开始生动

小桥的造型与流水的姿势
怎么拼搭重组，都略显单调
直到村庄出现，夕阳才暖和起来

给折翼的大雁加上一只翅膀
天空写满了人字；给离乡的断肠人
一匹瘦马，天涯就更远了

无论给大海加一滴水，减一滴水
乘一滴水，还是除一滴水
大海依旧，像人类永恒的固执

黑夜引流

一个男人在哭
哭得那么伤心，那么认真
开始是悄悄的，刻意压抑着
好像很羞愧
好像生怕打搅了别人
然后慢慢变得大声
三月的潮水把黑暗推动

这个深夜，我相信院子里
没有人能够入睡，所有人都在听
开始有些惊讶，有些意外
有些恼怒，觉得他冒犯了一个
美好的夜晚，好不容易到来的睡眠
随波逐流。后来慢慢释怀了
甚至充满感激

——天地啊，让他哭吧
让他哭得更大声、更痛快一些

他是在替所有白天受了委屈的人
发出声音

一个俗人的早晨

从树林边走过。在清晨
我听到树木在交谈，它们的呼吸
轻柔恬淡，如果是冬天，我会幻想那是它们身上
飘落的白色羽毛
而这是五月，天气状况已允许市民穿着单衣
我因此有了闲情
我原以为它们是一个群体
靠一些理想、一些谎言相互取暖
而雾气中，轮廓逐渐清晰
最后，我看到它们的样子：清瘦、独立
仙风道骨

一个俗人无权在这个纯洁的早晨说话
像山里的孩子看到狐仙
发不出一丝声响
有时候，我也会学着树木的模样
静静站立，想成为自己
而大地看出了的破绽——

只需一点压力

我的腰身就会不由自主地弯曲

只需一点诱惑

我的体内就会伸出无数只手指

在老家摘砂糖橘

带两个竹篮、一把剪刀，走吧
自家的地，好几亩
都是砂糖橘
喜欢哪棵就摘哪棵，看中
哪个就要哪个
想当场吃，想带走，都随意

母亲说，摘树叶油绿的
果皮黄得透亮的、样子饱满的
不易坏，好吃
树叶偏黄的，果皮和果肉间有空气
味道淡，留不久

你的剪刀忙碌着，从一棵树
到另一棵树，从最黄的
到更黄的。竹篮逐渐堆满
心越来越空——

遍野的砂糖橘，在树上
等剪刀，等外地牌照的卡车
等不到，半个月后
它们就烂在树上，或者落到地里
成为废泥

额尔齐斯河[1]与其他河流没有什么不同

是的，她与其他河流没有什么不同
尼罗河，刚果河，恒河，亚马孙河
密西西比河，伦敦河，湄公河，黄河
以及很多偏远的没有名字的水流
都是一样的
一样孕育生命，一样热爱土地
一样滋润村庄，一样吞没天才
当人类在她身边漫步，交谈，争吵，分手
或者妥协，拥抱，做各种交易
她一样看在眼里，一样发出智者的微笑
当季节更替，她一样有虚荣的流盼，
有固执的坚守
如果亚伯拉罕·林肯般伟大的灵魂出现
她的胸膛一样会在夕阳下散发金色的光芒
甚至她和我们每个人一样，有喜怒哀乐，
有生老病死

1. 额尔齐斯河是我国唯一由东向西流入北冰洋的河流。

有莫逆于心的小幸福，有无处申诉的大冤屈
唯一不同的是，她比我们更纯粹
比我们更孤独——
当所有的河流奔涌向东
她静静的，一个人，往西而去

一只蚂蚁在呼伦贝尔草原

一只蚂蚁在呼伦贝尔草原大步行走
心无旁骛的样子孤独而傲慢
仿佛草原上只有它自己
整个草原都是它家的

它绕过一簇干草，爬上了一块石头
在顶部稍作停留，又继续赶路
周围的人们，是比草更多余的草
比石头更易朽的石头

行走到某处，它找到了一片
比自己身子大得多的叶子
它扛了起来。一片在大地上移动的树叶
替换了呼伦贝尔的天空

现在，它的速度比刚才慢了一些
但并不慌乱，那片树叶仍然高过头顶
像战斗到最后拒绝投降的士兵

高高举起的旗帜

我是过路的，从八千里外的广西
在这里，只有半个小时停留
我把所有的时间交给了
一只没大没小的蚂蚁

——这些年，我们过度执迷于揣摩
天上阴晴难测的白云
需要躬身致歉因长久仰望
而逐步软化的脖子

江南春

我爱这枝叶，我爱这花草，我爱
这沁入心底的鸟鸣
我爱这水，我爱这山，我爱
与知己悠然的一醉

我爱这烟雨中孤单孑立的楼台
我爱这无知，爱这堕落
爱这无边无际的虚空

这世界的所有美好，所有卑微
所有苦痛和丑陋我都爱
因为：我与它们毫无二致

灵渠一夜

我曾多次来到这里，看这条河流
没有理由，也从不预先规划
如同爱情，有时出于寂寞，有时故意为之
有时仅仅出于偶然
我不关心她从何处来，要往何处去
会不会迷路、后悔，甚至哭泣

通常，我会在她身边停留一晚
枕着涛声，躁动的心会稍稍安静
思绪回溯两千年：有人笙歌燕舞，有人起义
有人一本正经建筑国家的堤坝，将苦水盛进
良心的杯盏。这样，即使在梦中
心也醒着，也能找到命运的划痕

现在是深秋，我再次与她邂逅
她似乎老了，身体瘦得要飞，不再饱含汁液
浅浅的一泊，像天使的泪滴
干净，纯洁而孤独

河滩上无数的砖石芒草，像无数条皱纹
嶙嶙峋峋描绘大地的图景

或许这是我的幻觉？——她从未流动过
从未向东移动，从未分岔
高迈的心，与银河平行
我有着与她同样的梦想——
不喧哗、不盲从，记录感激、欢乐、悲伤
以及被时代的大海遗忘的部分

草坪乡的油菜花

需要什么样的语言才能说出她们的
团结，她们的爱与母性
这些衣衫单薄的女子，一袭的黄
在田间站立、迎风歌唱，互相招呼姐姐或者妹妹

她们黄着、灿烂着，像被反复期待的爱情
她们说：炊烟；她们说：云；
她们说：潮湿的泥土。田埂上，一个外地人
干涸的眼睛开始湿润

这是三月，是郊区，是“远”，工业在三百里外
迟到、早退、矿工与病休在三百里外
这是慢，是自然，是从地面往上生长的天空
伸手可及，却无法一眼望穿

我出来踏青，想换出腹中的霉气
我在外地有了亲人，芳名小黄

在莲花山与命运偶遇

记得来时是有雾气的
我们说着昨夜的茶和酒，说着今天的股市
一些忧与乐从身边流过

然后，我们说到未来
说到年迈的时候结伴来这里终老
身边就有了阳光和风声

雾气中，我看不到山的奇异
另一个峰头仿佛距我百里之遥
而你伸出手，说：这里

我不知道你是谁
我在山上走着，左边是屈原和杜甫
右边是阮籍和陶渊明

很明显你不是他们
你不是我的朋友，但比朋友更近

你一伸手就挠痒了我的灵魂

过索桥，拐一道弯，在小亭子边
看老者卖药，听瑶女唱歌
他们争相上前合影，而你退到最后

现在我已登到高处，看清万物
我仍不知你是谁
为什么会一直跟着我

站成一棵树，或者成为一朵云
都不重要了，重要的是前方有山
重要的是：攀爬之心

寂静之声

那年春天，在上学途中
我捡到一只幼鸟。灰色的喙，淡绿色的
毛茸茸的身子。我捧起它
站在细雨初停的路边

上学的人一个一个从身旁经过
他们看了看我，又看了看路边的树林
就走了，也有一两个停下来
摸一摸瑟瑟发抖的玩具

春风清凉，除了路边的树叶
轻轻晃动，除了轻微的问候和调侃
匆匆靠近又远去的脚步
再也没有更多动静

那是我少年时唯一缺课的下午
如果时间回旋，你会看到
一个男孩和一只小鸟，在歧路村三月

的泥泞中，呆呆地望着天空

那是我一生中最美好的下午
因为一只鸟，因为突然到来的惊讶
和不知所措，因为等到了寂静中
响起世间最美的声音

兴 安[1]

我要说的兴安，不在北国
没有“岭”作为后缀
前边也无所谓“大”或“小”
她就是一个地名，在祖国西南
安安静静，清清爽爽，不卑不亢
高处是一条河流的源头
在峰顶，可以想象神仙如何手搭凉棚
俯瞰大好河山
低处是水，是秦朝的巧夺天工
是湘，是漓，是千百万生灵的福祉
两千多年了，她经历过辉煌
喜悦和苦痛
但她不说，就那样静静地站着

1. 兴安县位于桂林北部60公里处，秦代与都江堰齐名的水利工程灵渠就在此地。灵渠灌溉工程科学地将江水分割到湘江和漓江，所谓“三分漓水七分湘”，使下游成为鱼米之乡。兴安县与资源县交界的猫儿山是华南第一高峰，漓江发源于此。

在西南一隅，在大地之上
像我热爱的诗歌，从来不在高处欢呼
也从不在低处哀号
每一笔每一画，都是对兴盛的向往
安乐的渴望，以及不露痕迹的
赞美

吹　过

北风吹过，我在八千里外的西藏
北风，一点一滴穿过布达拉宫墙上的芒草
无家可归的人在跺脚、看天
他不满六岁的儿子
在梦中把柴垛垒得比天还高

我也在梦着，多年前隐藏心底的另一个梦
需要合理的解释，多年前的那个人
已下落不明，她的心
比八千里外的西藏还要远整整一个冬天

而她留下的村庄如此平和
风还在吹，雪仍在堆积
十二月的道路被覆盖又掀开，六岁的少年
用奢华的年纪采摘多年以后的苹果
将梦中的情节升高、再升高

这个时候，待在家里的人是有福的

堆到屋顶的柴火，是一生最充足的粮食
在炉火边打盹的少年是有福的
风霜还远，被苹果的余香一次又一次推迟

其实不存在什么风雪、少年、苹果，以及
这段看似真实而沉痛的陈述，一切
仅仅源于一场无聊的想象，今夜
在拉萨，我无所事事
看着一张张灵纸被风卷起，然后消散

看桃花

她们站在那里，不专门等谁
一大片，和你保持最舒服的距离
这情景不适合过于极端的词语
比如热烈，比如灿烂

你也可以走近，一个一个地
欣赏，她们大方而又羞怯的样子
像你爱慕的所有女人
豪气，温润，恰到好处

都是红，有的浓一些，有的淡一些
有的偏白。她们点头，微笑
在风中摇摆身子，每一种姿态
都让你脸红，心跳加速

你是来采风的，这看看，那看看
带不走她们中的任何一个
只能摆出各种姿势，邀她们同框

对她们许诺：明年还来

可能你转身就把她们忘了
也可能在若干年后的某一天突然想起
找出旧照片，一张一张翻看
然后叹息一声：唉，我的桃花们……

小幸福

从阳台看出去，成分有些复杂
桃树占优，数目不大好估算，可能有
三十亩，也可能有三千亩

一只蜜蜂在两朵花之间飞，你听不懂
它的话，不知道它在搬运什么
但它肯定是在经营小日子

到郊外漫走几里路，草地上
看不到一片黄叶。那感觉像一颗糖
拈在手里，舍不得剥开

这个春天，我只喜欢一种动物
——树林中的蜜蜂。只喜欢一种植物
——阳台外的桃花

归　宿

跟你一贯想象的不同
河流走到这里，停下来了
不是一条河流，是所有河流
都停止了流动

他们曾经亢奋，暴躁，咆哮
仿佛身上有使不完的力气
他们以为自己无所不能
会一直激越到老

但他们真的停下了，安静了
温顺如第一次出远门
现在，他们孩子般地看着前面
——无边的大海

月　光

很多年了，我再次看到如此干净月光
在周末的郊区，黑夜亮出了名片
将我照成一尊雕塑
舍不得回房

几个老人在月色中闲聊
关于今年的收成和明春的打算
一个说：杂粮涨价了，明年改种红薯
一个说：橘子价贱，烂在了树上

月光敞亮，年轻人退回大树的阴影
他们低声呢喃，相互依偎
大地在变暖，隐秘的愿望
草一般在心底生长

而屋内，孩子已经熟睡
脸蛋纯洁而稚气
他的父母坐在床沿
其中一个说：过几年，他就该去广东了

乌衣巷

有一些事物并不新鲜，但你迷恋它们
比如石桥，比如野花，比如巷口
比如飞鸟和夕阳

实际上，你迷恋的也不是它们
而是远行，是流失，是消逝
是生而为人的无限可能

是从你指缝间落下
再也无法收拾的
时间的流沙

春　天

仅仅是两个字，就足以生动　首诗
这运送欲望的女子
在人间招蜂引蝶，散布新鲜的花粉
她的微笑，穿透整整一个季节的梦境

婴儿们在密谋，他们要发声
要早日加入世界的合唱
你从花园边走过，一个声音秘密地
摇晃耳垂——
“绽放吧，和白云一起飞。”
扭过头，墙角跳出桃树的新枝

这是南方的三月，一些新鲜的事物
正从地底往外边拱
隐忍、细腻、不为人知；
这是力，是即将美丽起来的飞翔
是一个渴望长大的生灵，对风水示爱
十个月后，也是含笑的叶片

自己完成自己的火

现在她正爱上人间，用花朵为自己命名
她在找一朵云，到天上休息

旁观者

我习惯坐在不远处，悄悄地
听他们高谈阔论。他们穿着工作服
放开嗓门，无所谓的样子
比夜宵摊的布局更不修边幅

他们谈工程的进度，水泥的质地
工钱，老板们的苛刻与大方
他们谈手机里的热点，传说中的战争
举杯的频率像往来的炮弹

他们的想法多么单纯啊，与上层建筑
有五十层楼的距离，但我爱听
这些白天交给脚手架的人
只有声音和夜晚属于自己

就是这样，他们慷慨激昂
他们指点江山，他们无所不懂
在谈到远方的亲人之后，舌头开始打结
表情僵硬，沉默，各自散去

午夜的哭泣

那时候你正在熟睡，突然
被一阵哭声挠醒，那声音来自
几十米外的另一栋楼
不响亮，但细碎、清晰，像在耳边

然后是其他声音：一个男人
不耐烦的责骂、吼叫
一些物品和地板的碰撞，瓷器
碎裂……但什么都无法拦住
那条幽咽的河流

你在相隔不到五十米的地方
静静地感受着这一切
你已经习惯了辩解、咆哮、破碎
甚至一个人向另一个人
逐条朗诵离婚协议书，可是
你永远无法适应女人哭泣

那是一根刺，梗在你心里
那是一段往事，你不愿回顾
那是一份提醒，来自生活的每一个
细微角落，是一场大雪
帮你清洁灵魂的外衣

每一个哭泣者都让你想起亲人
每一声哭泣仿佛都来自家里的
另一个房间
你悄悄起身，关上窗子
哭声变小了，成为断断续续的哽咽
这一夜，你在黑暗中热泪横流

蓝，或兰

需要一朵花在内心打开
蓝色的，可以把一条河染蓝
把一支歌染蓝。树木在时间中移动
整座森林在渐次变色

这时候天空是蓝色的。大地
淡一些，但更为真实
一棵沙地柏在秋风中摇动历史
飘飞的烟尘是蓝色的

陈年的书卷里，有暗蓝色的蝴蝶
神秘的幻想者隐居其中
幻想让幻想者伤怀，音乐响起
蓝色的音符在琴弦边扑动翅膀

告诉你，灵魂也是蓝色的
它比水柔软，比铁坚定
想用一生的光阴去兑现一次感情

蓝色的，典雅而宁静

现在我在写作，字迹是蓝色的
那些欢乐、天真、暴躁或冲动的
旧事，是蓝色的
而它们已离我太远……

立春小记

冬天还未开始，春天就到来了？
这幸福来得过于毛躁
接近于虚假

清晨六点，我出门赶往郊区
路上的车和往常一样
没有减少，也没有增多

它们和人不同，不知道今天是节日
它们和人一样，一辈子都在讨生活的路上

星空下的腾格里

你指着漫天的浩瀚——
这是金星、木星、水星、火星、土星
这是天王星、海王星、冥王星、北极星
这是灶神星、谷神星、天狼星
这是牛郎星、织女星、老人星、大角星
还有北斗七星，像个勺子
勺头天枢、天权、天机，勺柄天璇、玉衡
开阳、瑶光，另一个名字——
贪狼、巨门、禄存、文曲、廉贞
武曲、破军……

我指着一地的荒凉——
沙子，沙子，沙子，沙子

等待之诗

写一首缓慢的诗，像河道上的冰块
被暖流拆卸，朝大海方向移动
像秋风中的果实，被夕阳
一点点染黄；像闷热了老半天
大雨迟迟不落；像冬眠一季的种子
因雨水，一圈圈饱满起来

热搜说，丢失了四十年的孩子
在另一个省份被找到，警察陪着他
搭乘今天第一趟航班回家
他年近八旬的父母，挽着手
一下子去整理房间，一下子走到屋外
像一对撑着拐杖的蚂蚁

命　运

迎面而来的这群女人，步伐凌乱的女人
身上的气息干草青草般
泾渭分明的女人，表情复杂
的女人。她们走来
日光照耀着脸上的青春和皱纹

“草尖上的露珠。”这是
对一种形象最恰当的描绘
她的脸，让我想起坡上的草莓
当风吹过，嫩绿的衣衫掀起桃色的隐私
这是走在最前面的一个
她成长的速度让身旁的母亲坐立不安

另一个，面庞光洁而沉静
双手操纵钟摆的节奏。如果
你爱慕，她不会躲避你的注视
哦，大大方方的姐姐
她面对世界的态度是如此坚决

有人会比我看得更远。第三个
在踽踽走动。她在喘气
她孤单的右手需要一根拐杖
很明显她是累了，她的目光
已打探到休憩的地方……

这群从天尽头走来的女人
神秘莫测的女人，操着
各种方言、脾气好坏不一的女人
意念般直接潜入你身体里的女人

我遇到的绝不止一个
我会遇到她们的全体，并和她们
一一交往、恋爱、分手
在每一个夜里醒来
总会有一个声音在耳边幽幽低语

秋 天

总会有一些夜晚适合登高，饮茶
或者读诗；适合沿着长长的步道漫行
一个人，或者两个人

适合拿着蒲扇，摇动素朴的传说
在萤火虫小小的光亮里
构思一场遥远的爱情

这样的夜晚还适合一些事
比如：一个人在烛火下
反刍不堪回首的往事；两个人
默默相对，安慰彼此受伤的灵魂

作为一个中年人，还有一些事情
不适合说出来

一只蚂蚁走在悬崖边上

一只蚂蚁走在悬崖边上
不知道它从何处来
要到何处去

左边是坦途，右边是峭壁
它没有任何犹豫
选择了你想不到的一边

它顺着崖壁慢慢挪动的样子
那么专注，那么郑重
像受到某种指引

这多像当年的你们
单纯、疯狂，满脑子都是
爱情与理想

这多像现在的你们
只需短暂地权衡，就走上
反对自己的道路

尘　土

南方三月，你在干涸的沙地上
构思一首关于生活的诗歌
两岁的女儿在身旁用树枝绘图
她已经懂得表达自己的抱负了
而你的未来像脚下的大地，深不可测

风吹来，温柔得像爱人的手掌
抚摩你的脸颊
你闭上眼，要享受这难得的惬意
世界在寂静中变化……
清醒过来时，你的头发一片灰白

这就是生活，一切都在不经意中进行
最残酷的段落往往表现得最轻盈
你眼含泪水，幡然醒悟——
有些事物貌似渺小，实际上
不容回避，像漫天飞舞的微尘

实际上，这与尘土无关。尘土就是尘土
沾上一朵牡丹，也无法改变卑微的出身
就像一个人，无论有多傲慢的表情
多厚实的腰包
在时间的河流里，都不过是一滴水珠

风　声

那年春末，你把家搬到郊区
沉迷于研究风的形式
风声响起，你就推开窗户
让脸被雨打湿。纸片在空中回旋
你看到了普通人的命运
它飘逝，你想起皮箱最底层的那张
写给自己的告别书

你逐渐明白一些原理——
有些风来自森林，能带来爱情
有些风来自庙堂，想让你腰身弯曲
有些风不远不近，辨不清来路
有些风只在夜晚降临
——白天无法说话的人们
请坐在月光下倾听神的声音

从什么时候开始，你变得胆怯
它到来，你不再心旌摇曳

它离去，你脸上不露表情
你在任何场合都保持着得体的礼节
回到家就紧闭门窗，喝酒、泡茶
看肥皂剧，最后走进房间
在黑暗中沉默到天明

现在又是春天，那些声音
再次响起。尖锐、急促，像集结的哨子
你走到窗边，它就从缝隙里
钻进来，和少年时一样熟稔、干净
那一瞬间你有些蠢蠢欲动
想一把推开窗门，对这个世界
放开嗓子大吼几声

葵　花

我认识这事物，它的绿色躯干
它在风中摇摆的青青叶片
（那是它一生中最美的琴音）
我认识阳光下谦卑下垂的淡黄头颅
雨中落下的棕色鬓发
我认识镰刀背后无辜的眼睛
默默流下的白色泪水
（这让我一看到嗑瓜子的女人就反胃）
在深秋，我认识孩子们
用来生火取暖的灰暗的干柴
那烟雾熏得路人眼角酸涩
当我终于爱上爱嗑瓜子的女人
结婚、生子，有做不完的家务
我认识它的黑色外套，或许里面
包裹着某些秘密
但我已提不起兴致

流　失

他们说的是水，代表“干净”和“纯洁”
的事物，在一天天浑浊；
他们说的是土，具体说，是耕地
在一年年减少、荒芜；
他们说的是森林、是树木，甚至是青草
或者诗意些，是大地、阳光
物种的更替和候鸟的鸣呖……
但他们没说出另外的一些
当我回到故乡，我仍然认识那片土地
尽管它已废弃
身上长满稗草；
我仍然记得那片山林，尽管
它已枯黄、光秃；
我仍然能识别出那一张张面孔
他们高声喧哗，但神情恍惚
终于，我看到年少时暗恋的邻家女孩
我流出欣慰的泪水
她朝我瞟了瞟，目光又落在
手中的麻将牌上

天空上的羽毛

抬起头的时候，它正在天上飞
比树高些，比云还白
那小小的蒲公英的翅膀
即将飘过南方最高的那道山尖

那时候我已经停止了劳作
蹲在田坎上，慢慢地卷起一支烟
而它无疑是个悠闲的漫游者
轻盈的裙摆逐步扩大，好像
它是唯一不借助任何力量飞翔的神

“这样的飞翔是无法阻挡的
除非它落下，或者停止
等我们跟上去。常常
我们触摸到的仅仅是
纸一样稀薄的露水。”

比云更高的羽毛，在天上飞

没有停下来的意思
黑暗压迫，大雨将临
它仍在扇动小小的蒲公英的翅膀
如果在漫天的黑之中抬头
那白会在一瞬间洗亮你的眼睛

该如何继续明日的劳作呢？
我站起身来，暗暗地挺了挺腰杆

一块石头

到地方了，前面是一块石头
石头的前面，是另一块
另一块石头的前面，是更多的石头
它们立着，里面有我熟悉的一个

石头太多了，塞满我的眼眶
即使只有一块，我也无法看清远方
上面刻着的那个名字
曾无数次在夜晚被我梦见

也许石头上应该站着一只鸟
石头边该开着一些小花
那样它在野外就不会那么孤单了
就可以互相拉拉家常

就不必苦苦地等我们每年四月来一次
真心诚意或煞有介事地递上
一些礼物，说伤感或言不由衷的话

然后收拾工具离开

我的一生都将陷于悲哀
我在石头外部，无法进入它的思维
这孤单沉默的白色山峰
总是这样站着，像远去的父亲

灵车驶过市中心

突然间，天地发生了变化
阳光暗成黄昏的颜色
行人放慢脚步，喧哗者压低了嗓门
抬起头——
一辆灵车缓缓驶过市中心

就恍惚起来：这二月的早晨
体感竟类似于初秋
空气的味道令人鼻酸，广场长出芒草
拂动乡野的风声

就看着那辆车，那艘命运河流上的
旧船，缓缓移向大海
那是它的归宿。那是一朵伏在地上的云
被风带到远方的天空

灵车开过，大街恢复了秩序
仿佛什么都没有发生

而我知道有人在哭，在路上、在家里
在最深的午夜
只是我们听不见，也无心倾听

每次在路上看到灵车，我都会想起
那个九月的早晨
八个男人抬着父亲的棺椁
沿着村道，缓缓移向
杂草丛生的荒岭

海边之夜

四个男人
四个最后离开筵席的微醺者
争抢着为这片海滩命名
你正要说出“这片大海是我的”
才发现宇宙之大，每个人
只配拥有两个鞋印

那时正是午夜，天太暗
水面迷雾重重
也不知道海对面有没有高楼与笙歌
或者一艘大船就停在不远处
而你们的肉眼无法望见

万籁俱静。刚刚还高谈阔论的
四个男人沉默了下来
你喝得太多了，辨不清因缘
只记得你们是结伴来的
然后沉默着
在尘世的大海边一一走散

第二辑

风吹歧路

往　事

我见过这些河流——
长江、珠江、岷江、湘江、怒江
沂河、淮河、黄河……
他们是伟岸的，适合大词
比如宽阔、浩淼、汹涌、奔腾、澎湃
磅礴、舒缓……
但我并没有爱上他们

我还见过另一些河流——
漓江、柳江、西江、浔江、郁江
左江、桂江、红水河……
她们是健美的，有曼妙的身姿
我也没有爱上她们

我爱歧路村那条没有名字的小溪
我曾经拥有过她的一小段
如今她已消失不见

风吹歧路

沿 321 国道一路向北
车过青山镇，道路开始分岔
中间那条笔直，像箭头直指县城
再向北是桂林，湖南，湖北，终止于想象
左边，歧路村位居要隘
然后是邹家、上高村，至螃蟹井细分
丘家、郭家、罗家、莲花村
林家、钟家厂，终止于种满松树的土岭
右边也是歧路村，几条无规则的小路
引向不同的村子。最远的一个
石山脚，顾名思义，这些地方
终止于一列横亘的高峰

四十年前，我和阿秋，阿中
赤脚奔跑在村屯之间，跟每一条溪流
呼朋唤友，和苦楝树称兄道弟
现在看地图，这地方狭长
像一个垭口，村子是一堆堆行囊

被羊肠小道拴在地上

风一年年地吹，几个行囊
摇动了几下，又稳住了身子
有的被风解开，靠外边的一些小物件
蒲公英般，散落四方

那些年

那些年，空气比现在清洁
风不分五谷，公平吹送
北方引进的青稞与荞麦水土不服
挣扎了三年，从此退出南方
稻谷亩产千斤，稗子跃跃欲试

那些年，河流丰盈，井水清纯
小溪是上天安排的形状
两岸泥土坚硬，关键处砌筑砖石
水流动一段，生成或大或小的潭子
大人浣衣，孩子学习泳艺

那些年，稻田是最暖心的风景
土地还没被砂糖橘抢占
青草和树木自由生长
人类与畜生各安天命
月光澄明，走夜路不孤单

那些年，凡水域皆有鱼虾
撮箕放置水中，棍子在上游随意
搅动，小鱼儿活蹦乱跳
春天早晨提篮子出门，采野菜
或者雨后进山寻菌子

那些年，全世界穷困潦倒
人们白天干活，夜晚设计未来
太阳和现在一样单纯大方
心情不好就闭门谢客
心情好时，就现身普照人间

一头母牛

多少年了，我一直在寻找一头牛
一头水牛，雌性。简言之，是母牛
这称呼过于粗俗，我一度想过
如何完美地表达我的尊重
现在想通了：无需修饰，她就是
一头母牛——母亲的母

那时候我读小学，这头母牛
是最称职的校外指导
教我认识村子附近所有草坪，山沟
田野，草木的名字
从不挑食，同等看待流水和青草
热爱野外和自然。在秋冬深居简出
另外两个季节她不理俗事
埋头干活

我不论尊卑的性格是她给的
轻易不落泪的倔强是跟她学的

对物质不过分要求，是她提醒我的
但我理解不了她的沉默，熬不下
她的苦，学不会她坦克般的
伟大的笨拙

多少年了，我一直想向一头牛下跪
为了感恩，为了永远无法摆脱的愧疚——
饿过她，因我过于懒惰
鞭打过她，因她偷吃禾苗
卖掉她的孩子，为了维持生计
甚至卖掉她！——那年夏天，我暑假
从外省回来，田地里拖拉机横行
她和同伴们不知所终

水井坪

年少时你放牛，喜欢去高墩脚
烂钵头，鲤鱼仔，犀牛塘
很少去水井坪。那是歧路村的神秘地带
野坟成群，杂草疯长

后来，高墩脚被削平，建起气库
烂钵头被圈成两块，一块租给供销社
建洗果场，另一块围墙很高
长年闲置，不知主家何人

鲤鱼仔的尾部砌了几间砖瓦房
做私人老板的酸料加工厂
头部和腹部毛竹成林。犀牛塘已填平
成为花卉果木交易市场

只有水井坪和以前一样
灌木成群，坟堆比野草还多
风吹过，坟头在草尖时隐时现

但你不再觉得它荒凉

甚至夜深人静的时候，你时常
想起这个地方，每次回老家
你都想带一瓶酒过去坐坐——
2018 年 9 月 3 日，你的父亲在这里埋葬

螃蟹井

这口井一米宽、两米深
青石板环绕的六边形井沿
干净、平整，像六页摊开的宣纸
等待提笔写字的人

小村以井命名，二三十户人家
大部分姓邹，小部分姓刘
不知道邹姓刘姓谁先迁来，不知道
先有村子还是先有井

喝井水长大的人，想法
和井水一样单纯，——六块青石旁
立着更大的青石，六条村规
在水中泛出清晰的印痕

在井边生活了十六年
我习惯了低洼的地势，习惯了
在夜里仰望星空，在别人悲伤的

时候，把头低下来

十七岁，我出了一趟远门
从此就很少回来了
——小螃蟹在时代的大河里
找到一个小窝暂时栖身

我认识很多穿工作服的人
他们头戴安全帽，弯着身子
在工地或大街上手忙脚乱地移动
像长了八条腿的螃蟹

他们的村子也有水井
过年回家，也会到井边看看
在青石板上跪下来，掬几捧清水
润喉，擦脸，然后起身返城

喊魂的女人

她是村子里最神秘的女人
直到去世，没人知道她的名字
来自哪里。我叫她阿姆
这是客家话，换成普通话，是伯母

她住全村最矮的瓦屋，厨房窄暗
只有一格小小的窗子，隔壁的
卧室更黑，没有门窗
仿佛里面藏着神的秘密

每个黄昏，她都会头围白毛巾
端一碗水，在村口叫唤——
“老同啊，转了，三魂七魄转了。”
转就是回，但谁是她牵肠挂肚的老同？

就这样一年到头，她从未停止
她的声音婉转悠扬
像一首自带巫性的山歌，一次次穿透

岐路村空空落落的下午

我唯一的一次与她接触
是在三十年后。那次回村里
听说她已弥留，几个亲朋带着牛奶
走进了那间黑屋子

她盖着破被子躺在木板上
嘴唇动了动，但无法言语
她直勾勾地看着周围的人们，像看着
喊了一辈子的老同

炊　烟

除了炊烟，还有什么配称为乡村
的灵魂？无风时它们独来独往
风起后它们相互呼应，哪一种情形
都是黄昏最动人的风景

每一个孩子都认识炊烟的信号
一干人在泥地里玩耍，忘记了回家
炊烟总会在天黑前出现
跟奶奶一起呼唤他们的小名

如果说家是有气味的，那肯定是
团圆的气味。——炊烟生起
薄雾笼罩的村子谷香弥漫
大人们陆续从田野上立起腰身

有人对炊烟一无所知，列车经过村庄
就兴奋地叫喊：看，弯曲的白云！
而炊烟听不到这些，灶台前

被熏得泪流满面的人顾不上这些

很长时间没有见到炊烟了
燃气罐没收了旧时代的土炉灶
稻草与柴火节节退避，你的过去渐行
渐远，你的眼前暮色低沉

但你永远怀念那些烟火气的日子
那些晚霞中干活归来的亲人
你想对每个孩子解释一句古诗——
柴门寂寂黍饭馨，山家烟火春雨晴

童　话

两只小狗，三四个月大
第一次学习捕猎，就大获成功
兄弟俩一左一右，大摇大摆
把邻家的母鸡拖回家
扔在堂屋显眼处，等主人奖赏
第二天，弟弟被赔给了邻居
哥哥被牵到市场上卖掉

儿媳妇从娘家带回一只鸡
放在院子里，等过年
家鸡们欺生，一天到晚追着它
满院子跑，抢不到饭吃
几天后，婆婆见它越长越瘦
赶紧把它杀了

公社领导看上了阿雄家的黄狗
学武术的阿雄，流着泪
藏铁棍在身后，温柔地叫唤——

大黄，大黄。黄狗摇着尾巴
一路小跑，屁颠屁颠
脑浆迸裂前，它正伸着舌头舔啊舔
舔主人的鞋面……

在这个世界上，每一种生物都有
自己无法预知的命运
这些我亲眼所见的场景
太小了，进不了
任何一本的童话书

七块菜地

在歧路村，我们七兄妹有七块菜地
垄宽七八分，长三五米、十几米
常常是两三块种青菜，两三块种瓜豆
一块玉米和高粱，最小的那块种细叶韭
葱蒜，边上一般会有两排枸杞

季节轮换，大地的菜单各不相同
篱笆上，你会看到悬垂的苦瓜，黄瓜
四季豆，葫芦瓜和长长的豆角
有时候水瓜和丝瓜同时长大，吃不及
晒干后去皮，是天下最好的洗碗布

高矮胖瘦的青菜们，一些名字
全国通用——油麻菜，芹菜，茼蒿
另一些只出现于乡下的方言——
勺菜，蕹菜，鸡窝生，包头白
它们中间，常常零星点缀辣椒和茄子

有几年夏天，红薯藤占据显眼位置
每天上午，母亲都会去割两粪箕
挑到井边清洗，剁碎，用大铁锅煮透
掺入半勺饲料，喂猪。往后几个月
全家靠少量大米、年猪和几筐红薯过冬

后来姐姐出嫁，兄弟分立，我到了城里
父母年岁渐高。再后来父亲走了
地里的蔬菜越来越少，最终丢荒
上次回村，我专门去转了一圈，七块菜地
杂草丛生，像七个无家可归的孩子

刨丝瓜

身材类似黄瓜，但性格大不相同
它有几条锯齿般竖起的棱片
所以它还有一个名字：八棱瓜
与丝滑柔顺的本名相映成趣

少年时期我就跟它熟悉，它在
菜园和屋角野蛮生长，不挑剔环境
只要有篱笆或土墙，就能站起来
从小到老，都一样棱角分明

它是瓜果中我最喜爱的一种
无论素炒，煮汤，还是与肉类
或蛋类合烹，都不改原本的气息——
其它蔬菜无法替代的清香

当我一条一条刨刮它的棱角
我总是舍不得完全刨平，留下一些
粗糙而青绿的瓜皮，既保存美味

又像是对它表示最后的敬意

这个周末，我从市场上买了几根
带回老家，刨皮时，我像往常一样
留下一部分粗糙和青绿
坐在一旁的母亲突然说——

“儿子，那些糙皮不能留。”
我疑惑：丝瓜不是都要带一些皮吗？
母亲说，那是以前的品种了
现在的丝瓜，把皮刨掉才好吃

禾坪场

有一些词汇只适合本地客家话
普通话退居其次，比如“牛母”
母性之牛，血脉传递之牛，农耕时代
人类最踏实的依靠，神圣如母亲
换成“母牛”，崇高的部分丧失殆尽

比如“禾坪场”，晒稻谷堆干草之地
珍稀的露天电影放映点。夏夜里
全村老小拿着蒲扇不约而同的集结处
怀春少年搭讪约会之所。换成“晒谷坪”
所有的诗意衍化都将戛然而止

那个叫作“糖榨”的地方仍然存在
只是栽种的作物由甘蔗变成了砂糖橘
八里排圩日依然热闹，但永久牌自行车
已成为文物，家家户户门口的
小汽车，让“八里”失去了实际意义

而“高墩脚”，歧路村海拔最高的土坡
粗壮，敦实，四周倾斜得近乎陡峭
一条路从斜坡脚下岔开，像两只分开的脚
一只指向下背屋、螃蟹井，另一只
直通钟家，林家和不知名的地方

旧时代的隐喻消失了，方言萎缩
村口的小河流淌着新鲜的全球化潮水
再也没有老人和孩子在黄昏吆喝牛羊回家
年轻人奔赴远方，禾坪场无谷可晒
只有裂开的水泥片在反刍当年的辉煌

豉汁拌饭

一碗刚刚出锅的白米饭
半调羹豉汁和两滴熟猪油
搅拌均匀，乳白色的大瓷碗
就升腾起淡黄色的诱惑

这是一个时代最负盛名的美食
农家孩子惦念半生的饕餮
那清香让你多年后回想起来
依然手捂胸口，心驰神往

现在，超市里食油种类繁多
不同品牌的大米争奇斗艳
豉汁改名酱油，细分为生抽老抽
却拌不出当年的素朴与真诚

它在生活中已无人问津
它承载的故事成为一种象征
单调，贫瘠，美好，余味悠长
像每个人无法重来的青春

一位绝望的母亲

一条母狗站在清晨的村道上
对着几辆小车疯狂嚎叫
歇斯底里的姿势令人恐惧
她的身后，是一摊模糊的皮肉

那是她的儿子，几分钟前还蹦跳着
跟在主人后面，目送主人上班
返回的途中被不明车辆碾压
附近没有人听到他的呼救声

而她疯狂地跑到现场，绕着儿子转圈
她拦住路上的汽车不让通过
直到闻讯赶回来的主人
用撮箕把她的孩子带回家里

这是农村常见的小事故
遇难者是我家的小狗，刚满四十天
还没有名字，半月前我回来度假
他开心地绕着我的裤腿转圈

初 夏

油桃、芒果、柚子青涩
这三兄弟，占据了园子显要位置
葡萄把身子隐入龙眼树的叶底
躲避阳光，不想过早成熟
而八棱瓜的花瓣刚落下半天
果苞微露，迫不及待地展示身姿
两棵番石榴正在开花，它们已经
长了几年的虫子，无法根治
仍然斜视墙边蔫落的枇杷
几只小鸡在苦瓜藤下，悠闲地
扒着泥土，对现状心满意足

初夏的歧路村，微风吹拂
众生安静，仿佛人世刚刚开始

歧路村

走过这片松树林，天就淡了
有白色的鸟在飞，不像方才的云
那么灰
雨点稀疏，雨在雨中融化
把身子洗净

菊还是去年的黄，过些日子
她将改名为玫瑰
如果有风，其中的一丛
会贴在歧路村何七妹的颊边
那时候，春就红了

雨把雨洗净，菊花与玫瑰之间
季节自然懂得安排
整整一天，何七妹待在草垛边
把初春的心事缠了又缠

亲　人

你记得这些树，这些土生土长的乡亲
在原野上独自生活
或聚成大一家子相依为命

樟树最有个性，喜欢独来独往
柳树太多情，风一来就向人招呼
梧桐枝叶稠密，是飞鸟栖息的天堂
松树的枝干暗含诱惑，总让松鼠好奇
银杏的怀里掖着最好的宝贝
梨树一年四季都摆出冷淡的样子
初冬，去胶树林野炊吧，一些人捡枯枝
另一些人用泥块搭建未来
夏夜，大榕树下常常生起篝火
萌动的青春在热气中奔突
枫树和乌桕太执着了，要合力把秋染红
香椿从不主动，它特别的体香
总能迷倒一小片春天
奶奶走的午后，你一个人走进白桦林

抱着树干大哭
你从苦楝树上摔下来，至今
下巴仍留着淡红的疤痕
邻家的桃树，哦不，邻家的桃子令你迷恋
一条竹叶青从山茶枝头滑下来
吓得你掉头狂奔……

在平原，这些树木越来越少
它们的身体已分解为衣架、沙发
床、灰烬、尘埃
它们聚集的地方成了荒地，或建起高楼
但你心里仍有一棵树在生长
仍有一片林子守着少年的秘密
每一次想起，熄灭的篝火
就会重新燃烧起来

故乡花草

说说当年吧，说说那些花草
你曾经的亲人和朋友
名字好听的：清明菜、野菊花
车前草、蒲公英、马头兰
名字土气的：棒头草、火炭母
看买娘、酸咪咪
土得掉渣的：粪缸卡、鸡屎藤、狗牙根
说说它们的样子，说说贫瘠年代
你和它们的缘分

你曾每天遇见它们，在屋前屋后
在野外，在上下学的路上
一年到头，它们循季而来，从不失约
你抚摸它们，采摘它们
用它们当药，当食物，当柴火
治病，饱胃，暖身子
看着它们从青春豆蔻到干老枯黄
最终，变成泥土和青烟

这些年，一些亲人消失了
一些朋友已疏远，你也慢慢变老
偶尔在钢筋水泥的丛林里
想起他们，然后淡忘
一些事波澜不惊，像路边的二月兰
细小、寻常，仿佛从未存在
春风吹起，就生动起来

草　民

风送来青草的气息——
混合着花朵、树木和牛粪的清香
让我想起三十年前的歧路村
赤脚在草尖上奔跑的日子
我相信，这里的黄昏
同样有孩子循着奶奶的呼唤声回家

狭窄曲折的土路，适合牛车和步行
容不下解放牌汽车
这里的庄稼也不认识联合收割机
每天早上，人们肩扛锄头到地里干活
在夜里，他们喝酒、吸烟，和女人恋爱
然后一觉睡到天明

这些花朵一样干净和草一样卑贱的动物
有的扛过枪，见过大人
有的一辈子没进过城
更多的跟着时代的步伐去远方了

多年后在草地上建造房子
另一些从此没有回来

现在，我仍然在奔跑，只是
赤着的双脚穿上了皮鞋
我怀想贫瘠的风声和自由生长的万物
那些青草和花朵都哪儿去了呢？
她们是否被水泥覆盖
被人摘下插入花瓶？

菊地里

它们细小、纤弱，没有名字
我对它们的所有了解，只有：黄
恰如一个女孩，爱穿白色衣裙
人们就叫她雪

黄昏到来，奇迹在暗暗发生
奇迹已经发生，我迷惑
一朵黄花和一束黄花，我应该选择
左边的一朵，还是右边的一束

一束花是美的，它齐整、丰满
浑身散发健康的气息
一朵花也是美的，它瘦弱、独立
更能博取人们爱怜

夜色笼住我的脸
天空上，众多星子在书写一生的梦寐
菊花地里，我过于贪心
跟着秋风左摇右摆，舍不得离开

春天的树林

一场夜雨后，阿秋又提着竹篮出门了
几公里外的松树林
有捡不完的野菌。而你的梦中
正滑过一条长长的黑影

上一次走出树林，阿秋的篮子
满了大半，你两手空空
一条蛇皮没收了你整个上午，你盯紧
每一处草丛和树根，生怕对视
一双冰冷的眼睛

离家四十年了，你再也没有回去
采过野菌，却仍然
时常夜半惊醒——这雨后积雾的城市
多像那年春天的树林

黑暗中的河流

它在大地上移动。缓慢、忧郁
像记忆深处的影子

芦苇——这些有思想的头颅
对尘世不拒绝、不随从
如果有风，它们就飞

就会成为最纯的银子
仿佛出门汲水的少女日夜期待的爱情

是否存在某种暗示？悄悄经过的
神秘来客，无休止地前行
要履行一个多年前许下的诺言？

我从梦中惊醒
发现它曾在我颊边停留过

这是祈祷的时间，众生应该沉默

如果要开口

那就说一个字：家

流　水

她从你身边走过，说不上蹑手蹑脚
但步子的确很轻
如果你不留意，她就像从未存在
但她见证了你少年时代所有的日子
那些欢乐、悲伤、苦闷和遐想
以及一些无法启齿的秘密
你常常赤身裸体地扑向她
没有任何羞涩和顾虑
她总是微笑着接住，不管黑夜白天
偶尔你也看见过她生气
那一年夏天，乌云罩住了村庄的头顶
温和的她变得暴躁
火气像要把四周的禾苗点燃
但第二天就消退了
你走近她，她低缓的声音
似乎带有一点羞愧
后来你出了一趟远门
回来后她已换了一个样子

身材干瘦而僵硬，被一套水泥做的
衣服紧紧裹住
旁边的稻田也成了果地
上面种的柑橘叶子已经枯黄

路灯下的草影

十月之夜，我沿湖边漫步
路灯下苇草飘拂的影子
让我突然想起了远方的梭罗
和近处的苇岸

风托起衣裳，却按住了尘埃
湖水没收了世界有声响的部分
风景是美丽的，但不够和谐——
一个流浪者在路灯下匆匆赶路

我也是在路上，只不过我有方向
而他要走向哪里？
路灯之外的空间如此漆黑
他看似坚定的步子实际上漫无目的

我突然想回家读书，在台灯下
走近一个清澈的湖
或者闭上眼，静静地缅怀
大地上已消失的某些事物

四月回忆

你在视频中展示的野蒜
竹笋，枞树菌，为你的日常生活
贴上田园风光的诗意标签

这些熟悉的事物，颜色和姿态
一如既往，为什么遇到镜头
就突然陌生了起来

多年以前，如果父辈们丰衣足食
他们是否需要早早起床
去村子外边的野地里寻觅

将刚刚破土的小植物
一根一根挖出来，或掐断腰杆
珍宝般带回家里

是否需要一场大小适中的春雨
凌晨出门，去十几公里外

大面积搜索树丛和竹林

今天你见到它们
觉得新鲜、亲切，有人情味
拍摄下来，享受生活

而我恍惚难眠
生怕第二天早上醒来，突然回到
衣食不周的童年

坡上的草垛

如果我写下“草垛”，我清贫的二姐刘青禾
是否会从歧路村某一块土地里
抬起头？那些高明的读者是否会发出不屑的嘲笑——
“什么年代了，还在描绘
那些土老帽的生活？”

而我写下它，义无反顾。我甚至写下了
另一个破旧的词语“坡上”。坡，山坡的坡
土坡的坡；上，上面的上，上方的上，甚至是
上帝的上、苍天在上的上，而不是
上司的上，高高在上的上

接着是“草”，青草的草，干草的草，“离离原上草”
的草。偶尔，也是草包的草，草率的草
但必须有激情，有泥土的清新和炊烟的温柔。
然后是“垛”，柴垛、土垛、棉垛、木垛
温暖、踏实，与土地和乡村有关

与一家人的生计和冬日的长度有关
再深入些：与一个叫朵朵的女孩有关
那个下午，她红着脸站在十二月的土坡上
期期艾艾手足无措，她的情人甚至还来不及
替她拈掉鬓边的稻草

是否缺少了什么？我再一次写下
这个婉约的词组："坡上的草垛"
哦，"的"！我的？你的？坡上的？还是命运中无法避开的？
今天，我站在街角，看到一个酷似二姐的女人
坐着别人的运草车，从中山路一闪而过

一枚黄叶

它在那里躺着，安宁、静谧
像一个平和的老人在藤椅上休息
不想被外界干扰

我仔细地观察它：通体透黄，纹路有力
没有季末的苍凉，莫非
它在到来之前悄悄地进行过修饰？

这个早晨，我在医院门口
等待旧病复查的父亲。不知何时
它乘秋风来，落副驾驶座上

它肯定有过不为人知的过往
肯定稚嫩过、青翠过，和风雨冲突过
肯定知道自己有离开枝头的一天

就像我们的父亲，曾经倔强、好胜
动不动就和现实较劲

终有一天，变得比落叶还要安详

这样想着，他就来了。坐进车里
一声不响。我看不见他，我的眼睛
塞满了落叶的皱纹

种下六株百香果

中午，嫂子带回六株果苗
让你种在屋后
你找了六个地方，用锄头挖开地面
把它们一株一株栽进坑里
扒些泥土盖住树根
想象开春后枝条尾部长出小叶片
不消几个月，藤蔓就爬上墙头
和预先搭好的棚子
再一年，绿色的珍珠挂满屋后
而你并不急于采摘，悠闲地
端一张长椅躺在南风中
哼着小曲，间或摆弄一下身旁的
瓷杯和茶壶……

回到屋里，母亲问：
拿锄头干什么？
你说，种百香果
种在日头能照到的地方了吧？

你愣了一下，嗯
铲掉旁边的杂草，别让它们
扯走肥料
你又愣了一下，嗯
记得淋点水
……嗯

母亲上楼午睡了。你悄悄地
跑到屋后，挖了六个小坑
给果苗挪地方
再把四周的杂草锄掉
然后提着桶，向井边走去

白切鸡

有些事物不是用来供奉的
而是用来回忆的
我的父亲，四年前去了天上
我从不认为他能吃下
我们清明节送去的鸡鸭
喝我们洒在坟前的烈酒，但我能想起
他每一次做白切鸡的过程
烧水，杀鸡，拔毛，掏掉杂碎
塞进香料，放到锅里蒸煮……
最后，微笑着坐在一旁
看我们饕餮，接受我们的赞美
所以，我从不相信
一个人会消失不见，我们爱的人
仍跟着我们，每一个场所
都有他们的气息

失眠夜

半夜醒来就睡不着了，穿着睡衣
到客厅，倒一杯白开水
坐着，眼前净是往日琐碎

以前也这样，同样是白开水
同样是半夜时间，唯一的区别是
有扇门会打开，一个人
探出头来问：有什么事吗？
或者坐在你旁边，给你递烟

现在不会再有这种情况了
一杯白开水和一个人，这种布局
将一直维持下去

父亲走后，你才知道
曾经，失眠也是一种幸福

母亲说

回城之前，我陪母亲再坐一会儿
母亲说，最近头越来越晕
只走几步就走不动了

我抬头看了母亲一眼
她瘦弱的身子陷在沙发里
小得只有一丁点

她从未向我抱怨过任何事情
这次是第一次
我愣着，有些不知所措

我们去医院吧。我说
母亲说，没用，每次都是打针
然后拿点药回来

我说，那平时锻炼一下
旁边的哥哥说，走不了多远

尿道结石会硌疼她

我不知道说什么了
悄悄伸手找口袋里的钱包
母亲说，上次你给的都还没用呢

母亲不再说话了。父亲还在的时候
她会叮嘱我们——
你爸身体不好，要时常回来

无声飞过

请给凌晨三点的月亮带去一份问候
以失眠者的名义
它挂在半空中，只剩下一小半
另一半要靠想象来弥补

就像你的心，原本实实在在
这儿大突然就空了
因为思念吗？不，这理由过于充分
还不如说是因为空虚本身

夜色浑浊，半个月亮
那么薄，像饥馑年代的米缸
让人有些揪心。更难理解的是——
有影子在暗中飞过

深夜飞翔的事物，由于距离
看不清轮廓，听不到任何声音
那是逝去的亲人在屏息期待，还是

突然从心底闪过的灵感?

那年八十四岁的父亲，消瘦而平和
如果健在，今年就八十八了
这个夜晚，我在十六楼阳台眺望南方
父亲，月下无声飞过的是你吗?

看母亲干活

每次回老家，我只能住一两晚
头天哪儿也不去，陪母亲
做饭，吃饭，聊些家长里短
晚上九点过，母亲回房间休息
我在厅里喝一会儿茶，也上楼玩手机
第二天我一般会起得很早
到县城菜市场，买回几斤排骨
母亲总是用嗔怪的语气说
又买那么多，浪费钱
然后细心地将排骨分成几小份
用保鲜袋装好，存进冰箱里
母亲年事已高，只能干这类简单活计
我在旁边看着她心满意足的样子
每次都忘记出手帮忙

输液室里的母亲

姐姐出去吃饭了，除了对面的我
整个输液室只有母亲一个人
她双手扶膝，低头坐在长椅上
没人能看清她的脸，但看得到她头上
一大片被岁月染白的乱发

她的头顶上方是一个玻璃瓶，塑料管子
从瓶口出发，往下延伸到手背
药液一滴一滴地融入日渐收缩的血管
或许身体里的炎症很快就能消失
但流逝的青春能恢复如初吗？

我坐在对面，看着这个生养我的女人
记忆里，她是多么饱满美丽
我从来没想到她会如此枯瘦，像她当年
在野地里随意捆扎的一束干草

两个老人

清晨上班，路过乐群菜市
一男一女两个老人
拎着小菜，踱着慢步
走在前面。经过他们时
听到女的说，一晃眼
就八十五了。男的说，是啊
结婚那年，我刚过二十
我忍不住回头，看了一眼
这两位老人。我的妈妈
也八十五了，孤独地
守在家里；我的爸爸
在天上

那个日子

能回来的都回来了。儿女们
扛着刚刚蒸好的米饭、腊肉、公鸡
还有你最爱的米酒
穿过半人高的蒿草。风过处
你的坟茔在野地里
若隐若现

用锄头和镰刀
把周围的杂草铲净，这样显得
不那么荒凉；又用锯子
放倒坟头左边的两棵桉树
这样你的视线不会受阻，以便
看到几公里外的青山
然后烧香，点蜡烛和纸钱
敬酒，一个一个地鞠躬
说各种想念和祝愿
最后，他们收拾器具回去了
没见你反应

我和哥哥放完鞭炮，呆立了半晌
也要走了，也没见你反应
当我们走出半里地，再回头
已经看不到你了

这时候，有风吹动
白茫茫的蒿草，发出呼呼的声音
像你重病时艰难的呼吸
像那些年你出工回来，微笑着招呼
年幼的我们

宿　命

我能理解，经过几个月的折腾
你已看淡生死
正如我经过几年的挣扎
看淡了这份活计

你无法言语已经二十多天
但每次摇头都异常坚决
而我沉默地生活了四十多年
仍学不会如何表达拒绝

现在，你躺在病床上
表情平静而厌倦
我站在你身边
内心翻江倒海

我已经接受了你终将离去的事实
那时，也许我会痛哭
也许会像现在这样

站着，一言不发

同样，有一天我也会离去
也许会兴师动众
也许会寂静无声
但无论如何，我已做好准备

悔恨之诗

总是这样：梦里跳出几个句子
醒来后就想不起来
这警告来得那么直接，又快速消失
仿佛过期无效的合同
仿佛去年秋天的那个下午
你们姐弟在微信群里商量父亲的
病情，突然接到电话说
他已闭上了眼睛
你曾有机会减轻懊悔的深度
比如排开兄弟们的争议，去省城
或者广州找更好的医生
但你怕麻烦和担责；
比如请长假坐在床前陪他聊天
告诉他各种生活琐事
和未来的一些想法，又怕耽误工作
直到他嘴巴无法出声，鼻孔
插着胃管，动不动就发小脾气
你仍害怕和他一起过夜

常常借故躲在城里。现在你常想
回家找他，他的房间空空荡荡
仿佛从来没人住过

关于父亲的第三首诗

在某一首诗里，他曾被安排死去
也许他读过，也许没有
但我问心有愧，不止一次地
解释，写诗就像
做梦，是“闹着玩”，何况
标题还有“虚构”字样
他不置可否，继续下棋、看报
哼他的彩调
可有一次，他突然冒出一句
“人活几十年，也够了”
让我愣了老半天。
在另一首诗里，这个六十五岁的
老头，有另一种形象
那是一九九〇年，我十六岁
去四川读书
他送我到省城
列车开动的一瞬，我看见
他的背影瘦小而落寞

现在，我又在写他
悄悄地，充满感情
他在另一间屋子忙自己的活计
具体地说，是在厨房
完成替儿子做饭的任务
他老爱把饭煮焦，在菜里
放很多盐
我吃得难受，却很满意

最后的夜晚

十月的最后一个夜晚
我和妻子开车沿桂柳公路往南
赶去四百公里之外的乡下
见她父亲最后一面
天下着小雨，前路昏暗无边
对面车道上
偶尔有货车驶过
我在和妻子有一句没一句地说话
在雨中张皇前行
不知从什么时候开始
对面车辆越来越多
灯光闪得我眼角酸涩
妻子开始沉默
我的眼泪流了下来

船　袜

很多事物一直在我们身边
我们眼看或者沐浴着
却未必真正理解
比如阳台上的花草
小区里的植物
比如远方的某位哲人
书上的某段话
比如今天一个朋友说：船袜
我以为那是船的某个部分
就像桨、旋梯、栏杆
张开或收拢的风帆
后来才知道那是一种
露出脚背的、短短的袜子
妻子和女儿每天都穿着
上班，上学，回家
开心的时候
就跟它一起舞蹈、远游
休息的时候就让它

伴在床铺边
我也时常把它们一只一只地
晾在阳台上
但对此见惯不怪
从不知道它还有名字
晾晒的次数多了
妻子的脸上有了皱纹
女儿已慢慢长大
今天，我突然想变成一双袜子
轻轻地
托住她们的腰身

纸上的月亮

纸在伸展
她的目光恍惚，头低而又低
像大人们面对的生活

她要干什么？一个两岁的孩子
需要白纸干什么？
何况她还找来了一支笔

这是南方的早晨，雾气弥漫
月亮在窗外
收拢它的翅膀

如果笔落向纸，即将形成的是玫瑰
还是电视里的时尚？
而她只是一个两岁的孩子……

风走上屋顶
移来一朵云。她“呀呀”直叫

声音擦过玻璃，像春天

那么，她是要记下昨夜的梦境
还是在提醒——
她刚刚浇过内心的花园？

笔落下来，一个空荡的圆圈
简单笨拙，没有花饰，没有涂料
而房屋里月光流淌

女儿的朗诵

朗诵和听故事，是她每日的功课
她捧起书，你能感到清晨是属于她的
她说："春天来了，河流涨水，百花盛开。"
你的心开始柔软，眼前升起花园
而黄昏将出现小白兔和小羊羔
或者无数只小蝌蚪
她的要求很低——
小白兔在冬天不能被冻着
小羊羔不会被大灰狼吃掉
小蝌蚪找到了他们的妈妈
我一度认为，这样的生活单纯而美好
而走出家门之后，我就改变了想法
戴上面具，不由自主地俯向尘埃

居家小记

这些天，你们无事可干
只能吃零食，喝茶
交流最近的时事
对一些现象，你们愉快地
达成了共识；对另一些
你们和往常一样辩论，争吵
以沉默收场
像不认识一样
各玩各的手机
二十年前刚刚认识的时候
你们也是这样
吃零食，喝茶，聊天
但默契地守住一条底线——
不吵，不闹
不说对方不爱听的话，哪怕
最终像今天一样
归于沉默

第三辑

各得其所

各得其所

让追逐金的，得到金
让仰慕木的，行为素朴
让亲近水的，洗净身上的泥泞
让崇尚火的，内心暖和
让从土里来的，身体和灵魂
终归大地

世间美好之事
莫过于此

原　罪

我们把鸡鸭喂养大，为了吃掉它们
我们把它们割喉，浸到开水里
拔毛，开膛破肚，剁成碎片
或者整个架在炭火上烤
围成一桌，填充永无止境的胃口
我们把它们的未来打碎，喂养我们的未来
说，孩子，这是土鸡蛋，有营养
我们刮掉牛羊的毛，把它们的皮
披到自己身上。我们从狗肉馆出来
抹干净嘴角的油渍，看着电视里的金毛
夸赞狗的忠诚，是人类的朋友
啊，这一生，我们犯下了多少罪过
想起来，就满怀愧疚
……然后忘掉

电影词典

这些天，我热衷于在电脑上
看老电影，德国的，或者韩国的
原生态，没有汉语翻译
我习惯了顺手打开手机词典
从里面现学现卖关键词语
比如告密、构陷、背叛
比如甩锅、落井下石、两面三刀
我发现每个词语都戴着相似的面具
背后的表情却各不相同——
欢喜，愤怒，庆幸，嫌弃
幸灾乐祸，咬牙切齿
每张脸都藏在暗处，而我不懂外语
只能通过词典和剧情逻辑
辨别它们各自的主人。随着
观看的深入，我发现在这个领域
我所掌握的词汇少得可怜
只有失望、惊讶、怜悯和轻蔑
我是否该花钱增加词典内存

还是保持现有的设置?
当我纠结半天，电影已经结束
屏幕干净得没有一丝痕迹

王府井大街上的麻雀

整整一个下午
我都在向它行注目礼
你看这里人来人往
个个都阳光灿烂
有几个还衣冠楚楚
露出高人一等的得意
但这与它无关
它在天上飘
观察着人世
又与人世保持距离
我还注意到它的鸣叫
与周围的环境不大和谐
最终它被人驱赶
仓促逃离

多年来
我从未关注过
它和它的同类

被驱逐，被抓捕
被冠冕堂皇地划为害虫
却仍然向往天空
从未停止发出
叽叽喳喳的声音
而我习惯了弯腰
点头，礼貌地表示同意
写过很多歌颂自然的诗
却对它们的命运
沉默不语

现在，它又飞了回来
在树枝上跳动
谨慎地观察着地面
冬日的王府井因此产生了
残酷的诗意
而我幸福地捂住胸口——
一只麻雀
在里面跃跃欲试

我的一生都在妥协

是的，我的一生都在妥协
从少年时代打下第一只麻雀开始
我向灵魂的恶妥协
从青年时代轻狂放浪开始
我向无知妥协
从中年的消极逃避开始
走向理想的背面……
我的生活如此失败
似乎从未遭遇幸福的战栗

可是，我分明记得自己
曾向一朵花妥协过
为了拥抱春天
向一片云妥协过
为了长出翅膀
向孤独和酒精妥协过
为了爱的垂青
唉，这一生妥协得实在太多了

又妥协得远远不够

就这样
在举棋不定的茫然与期盼中
一个人和自己拉锯
耗尽青春

恩仇论

每一只鸡，每一只鸭
每一头猪羊，都是我们的仇人
我们杀它们，吃它们
用它们填肚子，取暖，保命
仿佛理所当然

每一只鸡，每一只鸭
每一头猪羊，都是我们的恩人
让我们杀，让我们吃
让我们填肚子，取暖，保命
仿佛理所当然

微风吹送

早上开车到新区上班
路边小草摇摆，像打招呼
黄昏下班返程，另一边的小草
以同样的姿势摇摆

这一路的青草，高矮不一
每一种你都陌生，叫不出名字
但它们对你摇摆，打招呼
今年离开了，明年还来

美好之事如此简单，你身在其中
不知如何表达感激

公共墓园

它们有秩序地排成队
严格保持着前后左右一米五的距离
一个、两个、三个……
如果要数下去，可以数到好几千
如果从空中俯瞰，这园子
将是城郊最幽深的迷宫

每年四月，会有很多人来这里
排队，手捧着水果和香火
一米一米地往前挪
进去后，或生疏或熟练地找它们
有的表情平静，速战速决
有的坐在地上，久久不愿离开

每个人都一样，在尘世中
走着走着就不见了
他们曾有高低尊卑的地位
颜值各异的样貌，轻重胖瘦的身体

到这里，都是几个汉字
一块石头

有所思

有的时候
突然就爱上了一些遥远的事物
如同当年固执地追逐一些
只在屏幕和纸张里出现的
八竿子打不着的影子

想一想，以前多么甜蜜，多么恍惚
想一想，以后多么疯狂，多么残酷——

一个伤痕累累的中年人
仍像一个刚刚走进社会的孩子
对未来的一切志在必得
又信心全无

机器人[1]

它是商场里众多同类中的一个
它的工作，是从货物柜里
取出篮子放到台面，又把装有物品
的篮子放回原处

它为我们工作是理所当然的
是不能说累的，它接收到的指令是
不停干活，在收到新的指令前
它必须一直重复下去

今天，持续工作多日的它
突然倒下去了，姿势和人类一模一样
首先是腿脚发软，支撑不住身体
然后整个身子瘫倒在地

---

1. 2023 年 4 月，美国某大型商场，一个连续工作了 20 小时的机器人突然崩溃倒地。

这事故让我彻夜难眠
我从未想到机器人也会累倒
我习惯了给它们发出指令，接受服务
像对待从乡下进城的人们

随后，我帮商场作出了解释——
该机器人因自身线路出现问题
已返厂维修，新的机器人已安排到位
继续无条件满足各方需求

化学实验

有时候，痛哭一场就可以过滤抑郁症
但你选择了饮泣
有时候，一声道歉就可以过滤怨恨
但对方始终高扬着头

当实验结果被预定
无论作业的题目怎么翻新
意思都是一样的
比如：过滤掉残渣，留下养分
或者过滤掉养分，留下残渣

所以有一些设想已不可能完成
有一些规划只限于规划
比如：过滤掉怀疑，让爱从头开始
过滤掉疾病，让医院空空如也

所以，请正视生活——
有一些沦落谁都明白它的美

有一些绚丽止步于伪装
比如：废墟上开放的花朵仍然是花朵
而废墟仍然是废墟

认清这些，你再也不会被自然界
和生活中的假象迷惑了——
黄叶和枯枝被鲜花过滤掉
你看到的春天不是完整的春天
禾苗和麦穗被稗草过滤掉
结出来的果实不是你想要的果实
声音和面孔被口罩过滤掉
病菌无形中已控制了你生命的温度
孩子的提醒被傲慢过滤掉
人类看到了皇帝的新装……

有人还想把笑容过滤掉，因为工作过于疲倦
把哭泣过滤掉，怕当众丢脸
把解释过滤掉，以免影响朋友关系

把理想过滤掉，向失败妥协

那么，接下来
云层将过滤掉明月
梦游将过滤掉睡眠
风沙将过滤掉雨水
水将过滤掉米……

但是，无数个夜晚
群星仍在努力地过滤黑暗
露水在过滤尘埃
虫鸣在过滤杯盏的杂响
私语在过滤喧嚣
——当清晨的阳光在过滤乌云
起来吧，梦不可能永远过滤醒
沉睡不可能永远过滤奔跑！

最后，还要把自己

从生活的纷繁中过滤出来
像药水过滤废液
像火焰过滤煤渣，大海过滤
无边的泡沫与沙石……

灯心草

——献给顾准（1915—1974）

上天给它一个倔强的名字，坎坷的道路
因此展开——
它必须弯着腰身，必须承受暴雨、烈日
冰雪。必须永远站着
摇曳着的叶片，如灯影下的白发

没有什么比它更孤单，没有什么
比它更沉默，眼睛倔强地燃烧
它在等候什么？恩典、死亡，还是一份
永不到达的承诺？
风拂过，它晃了一晃，又直起身子

或许它是在冒险，在做实验——
一个细小的生物，能否支配自己的意志
比如不因风摇摆是否会招来横祸
比如一个世人眼里的弱者，能够背负
比自身重多少倍的石头

在另一个省份，我还看到它的一个兄弟
与芦苇相伴
芦苇头颅高昂，它匍匐在地
但这是表象，是它独特的感恩方式
大风吹过，遍地光秃秃的苇秆

一个诗人在它面前看到了内心的软弱
他对现实思虑过多，直不起腰杆
他冷漠，对周围的事物无动于衷
他的诗篇传递了爱和赞美
但还远远不够

毕竟是一株草：一个老迈的长者
他的皮肤会萎缩，头发凋落，手足乏力
大地发出遥远的回声
那是夕阳在召唤晚归的星辰
那是另一种梦想和人生

一个人的一生

——献给穆旦（1918—1977）

他的消失在朋友们的意料之中
而他的灵魂去了谁也找不到的某处
雪花在飘，葬礼在进行
一个人这样劝慰另一个：
人总是要离去的，他在三十年前
就完成了自己

“这是我目睹的一场灾难。”什么事
能让一个世纪老人老泪纵横？
图画展开——
四十年代：旧杂志、诗歌、文学硕士；
五十年代：翻译家、党报新闻
《我上了一课》[1]……

是否还有更荒谬的事情？

1.《我上了一课》为穆旦被迫于1958年1月4日在《人民日报》发表的检讨书。

教授级别的图书馆勤杂工
一生的三分之一，在图书馆
与牛棚之间画圆圈
“在雪花飘飞的不眠之夜
把已死去或尚存的朋友珍念。”[1]

请不要妄自猜测他的内心，一个
把灵魂托付给诗歌的人
从生到死，生活会有什么变化
一双看遍人世沧桑的眼睛
如果对世界合上
肯定具有可以解释的理由

唉，或许他只是累了
要作短暂的休憩，或者对这世界
还有些许厌倦、些许疑惑……

---

1. 穆旦诗歌《冬》中的句子。

而这正是我所关心的
当我满怀期待地翻开下一页
天色却暗了下来，一朵乌云
罩住了纸上的字迹

坚 持

——致柏桦

如何描述这份感受？关于理想
自我、内心隐秘的病因
比如一张纸，别人关注上面的字迹
而我只醉心于边缘的空白

这是宿命。赝品时代的写作
事件的真相与虚伪被合法遮掩
当你阅读，薄薄的纸面上
堆放着多少被称为“思想”的垃圾

世俗将会作出解释：为什么
我还没伸手，大风已翻动书页
我想迈步，别人便在目的地招手
我一哭泣，手帕就飞上天空
“呵，前途、阅读、转身，
一切都是慢的。”

是的，我应该是在恋着

一个遥远的梦想，一本过去年代
朴素的书。回忆录的撰写者逝去了
有人匆忙临摹他的背影
另一些人从烟雾中站起身来

所有的工作，是在空白处寻找一个关键
词语，这是否无谓的徒劳？
爱惜羽毛的人，灵魂卷起它的锋刃
不合时宜的人，请隐居
请在白纸内部独善其身

在书店

这地方静得恰到好处
只有我一个人与零零散散的先贤
和假冒伪劣者，用眼神交流
用嘴角不经意的斜，表示敬意
或不屑

羹匙在杯中搅动，牛奶和砂糖
慢慢融入土棕色的液体
像不合时宜的念想
因为长久的无奈，或者仅仅因为寂寞
最终与庸俗握手言和

我不是来挑书的，我想借它的静
听清心底的另一些声音——
没有一个人配得上一粒方正的汉字
没有一本书适合一个挑剔的读者

就是这样：一个中年人，一杯咖啡

伴着夕阳，伴着
书脊上那些黑体宋体楷体名字
在书架上整齐划一地得意着
尴尬着

关于男孩刘浪

他把石子一块一块搬开，要收养
一窝小蚂蚁，因为幼稚园阿姨说“要有爱心”
他管飞机叫“天鹅的妈妈”
至于什么是天鹅，——“麻雀的妈妈呗！”
他如此炫耀自己的学识

萤火虫已积够了五只，和他的年龄
正好相当，在空空荡荡的瓶子里
飞来飞去，像他终将面对的世界
广阔、繁华、四周有看不见的墙壁

“猫和老鼠”是他的至爱，为此他声称
拒绝今后所有不合时宜的晚餐
凡弱势的小动物屡屡捉弄它的天敌
这过程让他呵呵直乐，却让他的母亲暗自担忧：
生活是否真的如此诗意？

令人恼怒的是他还精通爱情

你和妻子的小小的亲热被他撞见
他会老气横秋地鼓励你们“再来一个”
而关于这“一个”，他有个形象比喻：“吃口水”

其实他不够刁钻，一个五岁的小孩
玩出的花样终归有限
可他时常担忧大人会把他卖掉
“还有什么能比你们可爱的独生儿子更值得怜爱呢？”
蜡笔小新只说过一次的话，如今
已泛滥成他的口头禅

他当然有很“酷”的时候，比如
遇见校长他从来不打招呼
他讨厌那个胖子，“因为他认得很多阿姨”
从某个角度说，他可以做你的老师

一　切

你无法解释某个词语，比如“一切”
是指所有的物品还是毕生的积蓄
身体的每一个细节
内心的全部想法；抑或是那些
难以启齿的爱欲，日积月累的
愤懑，无所适从的纠结……
你必须全盘托出，如同不曾拥有
这些可能都不是，它可能只是一个词
一种对外并不存在的虚空
比如幻想、爱慕、深夜的饮泣
比如疑问、挣扎、无法根治的顽疾
好的，这些都属于你，请妥善保管
而你也热爱它们
就像有的危险你明知它危险
仍飞蛾扑火般地交出自己
有的疼痛你无法忍受但必须咬紧牙关
这种幸福根植在骨头里
你没法完美说出但没有人可以拿走

现在，你已经明白什么是生活了
与仇敌敞开双臂拥抱吧
把大词从诗篇中删除吧
为悲伤换上欢乐的外衣吧
阴翳的天空上
神温和地注视着我们

看　戏

从小至今，不管是桂剧、粤剧、京剧
或者一些说不出名字的戏曲
印象最深的情节是不是这样的——
被侮辱，被欺负，有冤屈
就盼望青天大人
如果没用，就盼望高一级的青天大人
再没用，就盼望更高级的青天大人
还没用，就盼望拿着尚方宝剑
微服私访的青天大人
最后是进京，盼望皇上
总有一些冤屈会得到化解
一些正义得到伸张
于是编成新戏，敲锣打鼓地欢喜

消　逝

这个早晨有些异样
空气重得停止了流动，白色车辆
划开空寂，车厢里沉睡的盒子
比空寂更空寂

你站在窗边，看着一个十字架
从小变大，又从大变小，直至消失
没有人哭，没有花环拥簇
整个过程寂静无声。这叶身不由己的
扁舟，正顺着空无一人的航道
漂向最后的大海

——万物都是这样吗？
仓促地来到世界，又更仓促地离去
如同尘埃，因为引力作用
无声地，落在地面

生　活

说出这个词，天色就暗了下来
旧相册收拢飞翔的翅膀
哦，这是八月的镰刀，这是血，这是
一段感情的惨淡开端。主角
是一块风华正茂的石头

稻草已经燃尽，雪花扑向
独居者的屋檐。有人在暗中写字
他写下“恨”，他所暗恋的
女人就永无宁日，而他写的是“爱”
隔壁传来了幽暗的灯光

另一些时候，他说出“沙漠”
大地上仍然花草遍野，说出“洪水”
与此相关者却永葆平安
“唉，时间的炼金术……
上帝赋予每个人同等的才华。”

无端受控的人也有无边的想象：
大风收拾黄叶，凌乱的书卷
自动归位，老照片闪烁温馨的色泽
一桩半个世纪前中断的约会
在两篷飘扬的银发中间继续进行

噩梦中走来的人，不会显露
事实残酷的一面。从童稚的声音
你看到时间的鱼尾纹，从一些人的生
你看到死，而这只是
一闪念间的事情

是时候了，它展现神秘的容颜——
“设计事件的人，事件给你设计结局
你给我以诅咒，以蔑视，以无所事事
我给你近视、失语、恐怖的白日梦，以及
越来越佝偻的腰身……”

北方在下雪

好像进入了动物世界：黄的草、灰的天
羊白得一望无际。它们翻滚、奔跑
在一瞬间变成惊躁的马匹，然后是赵忠祥的
画外音：在遥远的西伯利亚……

一只羊，因为黑，显得很小，“一丁点”
在马群中躲闪腾挪，像幽灵般
有名无实。它出现，被吞没，再出现
这细小的生灵，在寻找什么？它的心底
是否也在叫唤：啊雪，雪落下来了！

是的，雪落下来，铺天盖地
但不是南方，不在我们臃肿的视线之内
它轻盈，于是你古板；它白，于是
你看到时间的黑

我是如何想起这首诗的，它的雏形
是否源于内心的空荡？这个下午

气温沉闷得让气象部门吃惊
我呆坐在沙发上读一个陌生朋友的来信
信的第一句是：“下雪了，北方。”

回过神来已是黄昏，远方飘来
腾格尔的音乐。我披上外衣，走到阳台
一些云停在对面的山坡上
空洞的生活在夕阳下一览无余

梦见一个死于车祸的朋友

许多年了，我不止一次经过那个地方
仿佛去看一部没有结局的旧电影
金属镜架把他的鼻子压得很低
笑容随意，不说话
又仿佛有什么东西秘而不宣

生活随意的男人，圈子里知名的
花花大少。从他的脸色看不出
几分钟后的恐惧、绝望
和对尘世难以言表的眷恋
唉，一个语种所有的形容词也描述不了
几分钟后汽车来临时的突然

一切都毫无征兆——
我和未婚妻上街，买席梦思
他勾着一个女人的脖子，在对街
朝我大喊大叫，笑容带着纵欲后的疲倦
和找到归属般的温情

“要结婚了。无论是谁都应该结婚
好好地爱一个女人。因为
那是你幸福的根源。”我注意到
他说话时，左手抬了抬鼻梁上的镜架

一个性格众所周知的男人，在某个特定场合
对另一个他所了解的男人说一些
违心的话语，是可以理解的
而我多么后悔当时的参与——
“是的，花心的男人，迟早会被汽车撞死。”

湖畔独坐

这湖泊是一块磁铁
黏住了一辆又一辆大巴
人们依次下车，松筋骨，拍照
起初是一群人换着角度
反复拍，使劲拍
然后就想一个人发呆

就斜坐在湖边草地上
眯着眼，看天上云卷云舒
看地上的牛羊转场
看风在夕阳下搅动一大篮金子
它们那么安逸
而你并不羡慕它们

你羡慕的是那一丛苇草
清贫、消瘦，但腰杆笔直
它们忽略了风沙
骤雨，烈日和冰雪，只展现出

一生中最美的样子

你渴望成为这样的苇草
但你不配
你太软弱了，在众多规则后
你拥有的不过是一具
空空的躯壳

就这样坐着吧，至少
在这个时候，你是完整的自己

采沙船

那怪物站在河道中间，将巨大的
铁手插进水底，又扬起来
细沙滤过网兜，留在舱内
石子和杂物弃在一边

没有人关心河流的感受
流水一如既往
将仇恨与祝福均匀地分发给
附近的村庄和人们

只有到深秋，你才能看清
一条河真实的样子：无力倒伏着
瘦骨嶙峋的身体，像村子里
那个患败血病的老头

你见过那怪物的主人，那个
身材矮胖的本地男子
脸上堆满了肥肉，偶尔和一个影子

一左一右站在船上

你看不清那个影子是谁
好像他并不存在，或消隐于空气中
你每次从河边经过
只看到周围锈迹斑斑的稻田

卡夫卡

还有什么不能被展览？还有什么
不会被吃掉？我在笼子里撕我的身体
围观者在笼外啃他们的良心
我的胃在冒火，而他们比我更饥饿

这是命，奥匈帝业的肺结核
感染上面目模糊的小国。再也没有什么
值得讨论的了，结果早已被商定
广场上，乡村医生对人群举起了针筒

我曾用十年的光阴构造一个国度
它的肮脏与黑暗、它的光明与向往
它许诺过自由，而现在它在咳嗽——
开往纽约的列车停下了引擎

如果留下，我可以做一个称职的保险公司办事员
（但做不了合格的儿子与兄长）；如果
要成为一个“人”，那么只有先变成甲虫

在被遗弃之前，自己流放自己

而我需要的不是食物，不是药剂，是一场审判
秋风中舞动的心，需要一个解释
人变成甲虫算得了什么？
甲虫变成人，这世界才会睁大它的眼球！

“烧掉这些不合时宜的纸张吧，
更不要为它们添上结尾。”这是
倦怠者对现实的否决，是普通公民的尝试——
他是否有资格支配自己的一生？

T. S. 艾略特

他在水面上演奏安魂曲，为瓶子里的女人
安排一生的命运——她谙熟肯德基
麦当劳，而她苦心等待的情郎
极有可能是一只猴子

我倾心的是他的山羊胡子，不长不短
比叶芝硬、比“新批评”绵密，与困乏时代进行
艰辛的黄昏恋。（如果把背景换为苏联
他就是不务正业的二流子。）

看，他在建琴房！那位名叫庞德的占卜者
已为他看准了风水。安魂曲要飞，他要去瑞典
瓶子里的女人，说出令人胆战的话语：
“我要死。”
更早死去的是一种形式。醉心于花园的人
竖着衣领，伤感于花朵枯萎的速度
他走过，目无尊长
身后的废墟上，楼房已建到第四层

如何与他达成联系？这些凌乱的字节
能不能将他从纸面上拉扯出来？
他开始唱起了情歌，和千年后的读者
玩恶作剧，却一再躲避周围的媚笑

“跟上去吧，换掉这身衣服。”有人倾心于
他的演奏和他宽厚的背影。而我站住
——他山羊胡子下隐藏的嘴角
冒出一个细小的水泡

艾兹拉·庞德

他站在台灯下看我写作
我写下“朋友”，他发出温情的微笑
我写下“祖国”，他满眼迷茫
我要离开，他伸出无形的指头拉我回来

其实我不了解他，他面目模糊、声音遥远
像我从未见过面的爷爷
但我认识他，大胡子、中等身材、瘦
与生活交流时有过结巴的经历

我不能像另一个人那样
献给他一生中最美妙的诗篇。我不配
一个杰出的风水师，跟历史作对的人
已习惯了世俗的赞美与污辱

他更像一个沉溺于想象的顽童
喜欢热闹，与无数个胡子拉碴的男人
为一个小小的词语争吵不休，爱与人分享欢乐可是，谁来分享他的疾病？

请不要出声，你需要做的只是默默凝视
也不要惋惜，没有人具备怜悯他的资格
那么，要为他歌唱吗？
不，道德让我们识趣地闭上嘴巴

仰　望

太快了，情感还来不及酝酿
就被宣告结束。两个人大声争吵
仿佛昨天的拥抱发生在别人身上
梦中郑重其事的诺言
在现实轻若鸿毛

太快了，孩子的惊叫还没落地
房屋就已倾塌
这天杀的地壳运动，天杀的豆腐渣
两个看似毫不相干的事物
密谋要把幸福带走

太快了。时空的指针摇摇晃晃
嘴角刚长出绒毛，脸上已刻满皱纹
等一等啊灾难，犹豫一会儿
孩子就能长大成人；等一等啊猜疑
爱下去，恋人将儿孙满堂

造物主的棋局中，命运的风筝画面简陋
尘埃用自己的方式飞舞
他们把双手张开，他们在深夜拥抱
他们对着阳光和冰雪痛哭
——但最终会抬起头来

理　想

这条路坑洼太多
他走在前面，脚步踉跄
好几次要摔倒了，但总有什么
扶正了他的身子

他走着，似乎没有目的
前面的路越来越窄
两边的树顶收拢，像一道门
他迟疑了一下，又迟疑了一下
最终还是选择向前

我在后面跟着
我不知道为什么会走在他身后
在此之前我是一个漫游者
从来没有方向

天快黑了，他仍在前行
身子更加前倾，步子更加踉跄

但从我的角度
怎么看，都是在飞行

鸿 雁

那个戴口罩的小女孩
从对面路口走过来，三四岁的样子
身材瘦小，在空旷中几近于无
到小区门口，她非常自然地
把额头递给戴红袖章的门卫
又熟练地从衣兜里掏出通行证
然后进入大门
整个视频很短，只有 15 秒钟
因为配了悠绵的乐曲
关于草原小鸿雁长大后
自由高飞的故事，所以显得很长
像一代人的一生

眼　镜

现在，你已成为它的影子
跟它朝夕相处，陪它上班、下班
会友，以及偶尔的散步
洗澡的时候可以摘掉，但透明的水
是温柔又坚决的隔断
睡觉的时候暂时解脱了
那就安静地睡吧，做个好梦
千万不要突然睁开眼睛

这是来自生活的提醒——
有些眼神模模糊糊，但彼此莫逆于心
如同有些话无须说出，对方也心知肚明
有的时候目光必须刺穿玻璃
如同爱情一定要大声说出
过于残酷的场景，你可以闭上眼
在心里立一面镜子
如同不得不说的话，即使小声些
也绝不保持沉默

有的人戴着它，像蒙着面具

有的人没戴它，依然世事洞明

你要看清真相，与那些有形无形的事物

各行其是，又平行共存

雨中赴书院雅集

这周末、这天气、这雨水，这无端出现的
琴声，正把早起的人们引向郊区
当音符从弦间散落
命运的白纸将出现怎样的词语

你看，这些神色匆匆的赴约者
在城乡接合部的岔路停驻、犹疑
紧张又盲目的表情
仿佛可以直接连通平庸的晚年

但琴声在召唤！零乱的影子在聚拢
喧嚣的厅堂安静起来
有人弓下腰，看见脚下的道路
有人抬起头，一扇门在心里打开

多像一个梦，但必须感激
如同拥抱时眼里必须满含泪水
这些耽于幻想的人，这些面容和善的人

除了美，还有什么能让他们低头

不能表达得更多了，作为生活的失败者
他的难言之隐应该适当掩藏
他的苦痛、期盼，他内心深处的风暴
在寻找一个永不出现的垭口

幽暗之门

一个人该为自己的才华得意，还是
羞愧。他乐此不疲的小动作
是疾病，还是无伤大雅的恶作剧
他一路走来，制造了多少泪水
他滔滔不绝和偶尔缄默
是智慧，还是精心打扮的策略
现在，他热衷于讲述初心和远方
而他的过往模糊、凌乱、无尽幽暗

这个身上挂满矛盾的人是我
也是若无其事的你们
那些模糊和凌乱，你们扔掉了一部分
又将另一部分延续下去

蚂蚁上树

——纪念五四运动九十周年

如果不是风的试探，那看似庞大的躯体
要将内在的疾病掩藏到几时？
你看，它那么粗、那么壮，枝繁叶茂
具有高不可攀的王者威仪
而仅仅一夜风雨，世界改变了
它倾斜着，颤颤巍巍
如同一个人即将衰老
绷紧的肌肉不得不松垮下来

我知道，一夜风雨是撼不动它的
几千年了，它有着错综复杂的根底
是蚂蚁，这被它视若尘土的小生物多少年的啃噬！
我曾经多么迷恋它的威武
它在风中拳头般扬起的叶片
黄昏时坚定的身影。却从未设想过
它会被镂空，像一个貌似强大的幽灵

树是有记忆的，蝼蚁也有刻骨铭心的感情

我年幼的时候满脑子好奇——
一个身着黄袍的影子，一些缭乱的字迹
一页看似普通的卷在轴中的黄纸
一个方方正正的红印，就能唤起
祖先们无尽的虔诚，这是为什么？
而生活不会为儿童提供答案
它太复杂了，我却比最小的蚂蚁还要单纯

而我在逐渐长大，对世界一知半解
五月的天气开始转热，暗藏着风暴
蚂蚁开始往上爬，一群，又一群。黑色的树皮
落下来，像满街的坦克与推土机
我曾经在报纸上仔细地观察过一只受伤的蚂蚁
九十年了，它仍保持着前倾的姿势
它也有头颅、鲜血、跳动的心脏、手
但没有人告诉我它的名字

现在我上班、写诗，为一家三口生火做饭

青春、理想、爱情，一切都远去了，一切都被遗忘
有了再次观看蚂蚁上树的闲暇：
它们爬啊爬，有的被树浆粘住，有的被树枝弹落
有的因惧怕而回头……
更多的默默前行，前赴后继
这细小的生物啊，这行将枯朽的大树
看得一个倦怠者泪水横流！

新马村裁缝店[1]

1

走着走着，石板路开始变窄
新马村 36 号，不起眼的裁缝店
把游客的脚步分向两边
门外的砖墙上，有粗狼毫写的招牌

一群书生经过这里，停了下来
抢着拍照。先是单人的，然后结对子
合影，有人拍完就走了
有人摩挲着门框，舍不得离开

2

裁缝店木门紧闭，里面
有多少布匹，有没有新款式的

1. 广西梧州市藤县天平镇新马村，名将袁崇焕的故乡。

缝纫机，缝纫师是男是女
已出门远游，还是在屋内沉睡
这一切外人不得而知
只留下一个门楣高的招牌
对着金马村空空荡荡的石板路

3

一个女人，将几块碎布
拼接成得体的衣服，或者用一块布
擦净另一块布，一块布
弥补另一块布，然后连接，熨平
让它们彼此获得新生
——这是多么美好的事情

一个男人把陪伴多年的旧衣裳
洗净，晾干，折叠整齐
传给他逐渐长高的儿子

——这是多么美好的事情

4

我曾穿着带补丁的衣服
上学，担水，与小伙伴嬉闹
我们遭遇过掉线、破裂、穿洞
甚至濒临放弃，经妈妈的手
穿针引线，又修复如初

5

市场上那么多布料，新旧各异
等待一根针、一条线的召唤
等待一把剪刀，裁掉其中虚浮的部分
等待一把软尺量体裁衣
等待一双手的抚摸，让朴素

回归它本来的样子

但这太难了，许多织品
线头凌乱，针脚不齐
不同颜色和质地的碎片生拼硬凑
破绽多如散落民间的野史

6

这是初夏，气温在悄悄变化
走着走着，才发现自己穿多了

7

在新马村，想象一个缝纫师
在浔江边的煤油灯下

把从一个人身上脱落的碎肉
一片一片地缝补回去
再把他流下来的汗、泪、血
一滴一滴串联成国家、民族、历史
连同他忍不住疼痛而扭曲的表情
悬挂在记忆的脖子上

而裁缝店已闭门谢客
读书人热衷于与招牌合影
然后与美颜过的自己相互致意
在古榕树的阴凉中
海阔天空地指点江山

8

一个缝纫师能把时尚送到
巴黎时装周，但他永远无法

把进士与将军重叠起来
一个身居高位的人可以遮蔽真相
但他永远无法弥合时间与
谎言之间，幽深的裂纹

深秋，莲花井的水位下降了
春天，更清的水奔涌出来

9

我是一个过客，因为某种因缘
来到这里，无意中发现
所有的河流都会在民心前分岔，拐弯
最终，被造物之手缝入另一条大河
像体内的血管

10

文明，是最大的缝纫师
河流是他的拉链

北流河、浔江、西江、珠江……
缝合了藤县、梧州、广东

黄河、莱茵河、尼罗河、密西西比河……
缝合了中国与世界

11

更大的河流总在前面
远方，大海展开无边的布匹

后　记

这本书分为三个小辑，依次涉及生活与自然、故乡与亲人、冥想与反思。三个小辑所收录的作品，没有按照写作时间的顺序来排列，而是综合了我对这些作品的喜爱程度、作品的风格和内容，以及整体阅读的节奏感等方面的因素。当然，三个小辑的定位只是大致区分，这些因素在我的写作中从来就没有截然分开，而是相互穿插、交融，你中有我，我中有你。

我从 1991 年开始发表作品，至今已三十多年了。新千年最初那几年，作为诗坛“70 后”中的一员，我发表了大量作品，获得过这样那样的荣誉，属于比较活跃的那一拨。但大约从 2008 年开始，我对自己的诗歌写作陷入了深深的怀疑之中，觉得已被掏空，才能难以为继，再写下去，无非是多一些虚名而已。我想弄清楚诗歌究竟是什么样的一种东西——其实现在也不知道——弄清楚自己为什么要写诗。从那时候开始，我的诗歌写作进入了长达十年的“枯水期”，平均每年的作品数量不足十首。我通过写作诗歌随笔来思考这些问题，于是，我成了一个诗歌评论家，在一些刊物上发表评论，开专栏，出版了《一个人的诗歌史》

等著作。我还利用业余时间深度观察文学图书的出版状况。在这个过程中，我的文学和文化视野也因此而得到拓展，不再像以往那样仅仅站在诗人的角度来看待诗歌，并再一次确认，真正的好诗从来就不是诗人自我粉饰和小圈子相互贴金而来。

2019年秋天起，我突然感到自己拥有了前所未有的激情。现在这本书里的大部分作品都是那以后创作、发表的，只选了此前各个时期极少量的旧作。比较这些作品，可以看到我诗歌创作实践中的变和不变。三十年来，我有过多种写作风格的尝试，但对公平公正的吁求和对卑微事物的关注一直没有改变。我要感谢给了这些作品展示机会的刊物，这些刊物在二十多年前就扶持过我，现在仍一如既往地对我予以关注；感谢引我进入诗歌之门的陈道谟老人和所有激励过我进行诗歌写作的前辈和兄长，尤其是我一直视为榜样的于坚、王家新、西川、欧阳江河、柏桦（按姓氏笔画顺序）对本书的慷慨推荐；感谢我的家人，他们一直以我是一个诗人为荣耀；感谢我的故乡和大自然，这是我写作的源泉。当然，更要感谢我为数不多的读者们，你们是我写作的重要推动力。

我曾出版过几本诗集，但这是我至今为止最为满意的一本，里面的几乎每一首诗，我都能清晰地记得它们“出生”时的模样和当时的环境。当然，这也仅仅是我自己喜欢而已，如果把它放到更广阔的范围里比较，它将不出意外地呈现出各种各样的缺点，好在我还有时间和兴趣去慢慢克服它们。

刘春

2023 年 7 月 8 日

有度文化　　北岳好书

我写下的都是卑微的事物

出品人 | 郭文礼　　选题策划 | 刘文飞　　责任编辑 | 刘文飞
复　审 | 陈　洋　　终　审 | 刘卫红　　书籍设计 | 张永文
印装监制 | 郭　勇　　项目运营 | 有度文化·刘文飞工作室
投稿邮箱 | liuwenfei0223@163.com
微　博 | http://weibo.com/liuwenfei0223　　微信公众号 | YOUDU_CULTURE